椒花开的声音

雷艳平

—著—

陕西新华出版传媒集团
太白文艺出版社·西安

图书在版编目（CIP）数据

地椒花开的声音 / 雷艳平著. -- 西安：太白文艺出版社，2021.10（2023.2重印）
ISBN 978-7-5513-1954-6

Ⅰ.①地… Ⅱ.①雷… Ⅲ.①短篇小说－小说集－中国－当代②中篇小说－小说集－中国－当代 Ⅳ.①I247.7

中国版本图书馆CIP数据核字(2021)第146597号

地椒花开的声音
DIJIAOHUA KAI DE SHENGYIN

作　　者	雷艳平
责任编辑	杨　匡　张馨月
封面设计	郑江迪
内文插图	朱亚莉
版式设计	建明文化
出版发行	陕西新华出版传媒集团 太白文艺出版社
经　　销	新华书店
印　　刷	三河市嵩川印刷有限公司
开　　本	880mm×1230mm　1/32
字　　数	160千字
印　　张	7.25
版　　次	2021年10月第1版
印　　次	2023年2月第3次印刷
书　　号	ISBN 978-7-5513-1954-6
定　　价	42.00元

版权所有　翻印必究
如有印装质量问题，可寄出版社印制部调换
联系电话：029-81206800
出版社地址：西安市曲江新区登高路1388号（邮编：710061）
营销中心电话：029-87277748　029-87217872

目 录

1	●	朴朴的心
22	●	白草台
40	●	薄雪
62	●	如花
90	●	闰月
155	●	地椒花开的声音
222	●	后记

朴朴的心

夜，犹如一块罩着的裹尸布，漆黑如墨。估摸着时间尚早，可朴朴睡不着了，辗转反侧，犹如火炕烫屁股，一次又一次从被窝里爬起望着黑漆漆的窗户。天咋还不亮呢？可老天爷似乎早就揣摩透了朴朴的心思，故意和她对峙，迟迟没有亮的迹象。

夜深人静，窑洞的土炕上睡着一家人，传进耳朵的一切声响异常清晰。朴朴仔细辨别，弟弟轻轻的鼾声很有节奏，短而略显急促；母亲的呼吸则沉而慢，犹如缓缓流淌的溪水；两个妹妹几乎听不到声音，一个蹬掉了被子，隐约露出光屁股，一个将头歪在母亲腋下，双手抱着枕头。弟弟睡觉有一个怪毛病，脚会不停地蹬，身子会一直往上蹿，蹿着蹿着就连人带枕头一起掉在地上。农村的土炕足有二尺高，每次掉下去弟弟都被摔得哇哇大哭。母亲想了个办法，就让他倒着睡。朴朴悄悄地爬起来摸黑给妹妹拉上被子，黑暗中听着一家人沉沉入睡的鼻息，

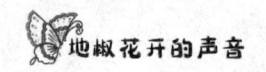

闻着地下酸菜缸里散发出淡淡的、熟悉的酸腐味,不知咋的,一种留恋和惜别之情控制了朴朴,她感觉鼻子酸酸的,眼泪不由得流了下来。她悄悄用右手擦了一把。

不要贪玩,姐走后,你们要多帮妈干活儿,不能让妈太累。朴朴在心里对弟弟妹妹说。此时,她很想看看母亲的脸,可窑里太黑了,看不清,只能隐约看见母亲散乱的头发遮着脸,她想把那缕头发轻轻拨开,又怕弄醒了母亲。让她好好睡吧。朴朴又蜷缩进被窝,努力闭上眼睛,可一丝睡意也没有。

院外传来很大的动静。朴朴知道是那两只山羊在圈里顶架,不是嫌对方占了自己的位置,就是哪一只又看对方不顺眼了。朴朴能想象出两只羊儿顶架时后腿站立,歪头弓腰,眼睛瞪着对方威风凛凛的样子,"啪——"羊角碰撞在一起发出脆响。朴朴不由得露出一丝微笑。

羊儿呀,听我说,以后你们就由弟弟妹妹们来照料了,你们每天要吃得饱饱的,长得壮壮的,春天里多产些羊毛,家里的油盐酱醋就全靠你俩了。

奇怪,这天咋还不亮呢?朴朴第一次觉得夜竟是如此漫长,长得令人心急难耐。以前她咋就没觉察到呢?想想也是,白天在家做饭、洗衣、喂牲口,出山拔猪草、割羊草,抽空还要到放过羊的滩地扫粪。一斗羊粪交队里能给记两个工分呢。总之家里每天大堆的活儿等着她,似乎永远完不了。朴朴就像一个被人捻着旋转的毛线陀螺,一刻不停地转着。天一黑,犹如一袋放倒的土豆，没了一点儿声息，第二天天一亮爬起来又开始旋转。朴朴的身子骨还弱着呢，还没有发育成熟，她只不过是个十五岁的孩子。

现在好了，苦日子终于盼到了头儿。尽管在别人看来，朴朴之所以不用干活儿，是她付出了惨重代价换来的。可朴朴不这么想，她觉得这是老天对她的恩赐，让她能实现自己梦寐以求的心愿，她高兴还来不及呢。

睡不着干脆起来吧。朴朴轻手轻脚地摸索着穿好衣服。黑暗中，她无意间碰到自己的胸脯，原来像男孩一样平平的胸脯，不知咋的竟长出两个硬硬的小坨子。刚开始朴朴又惊又窘，既讨厌又难为情地摸着那两个硬坨子，心想，我还小着呢，它咋就开始长了？没办法，它可不会顾及朴朴的心情，犹如地里冒出来的野蘑菇，想怎么长它就怎么长。

朴朴蹑手蹑脚地走出窑洞，在黑黢黢的院里站了一会儿，抬头望望天空，东方有了一丝微弱的亮光，看来离天亮不远了。朴朴慢慢来到旁边那孔没有门窗的破窑里。地下放着一大堆喂猪的糜糠，后面是各种农具，两个大柳筐里装着没有加工的玉米。朴朴轻车熟路地摸到角落，那儿有一个不大的旧木箱子，长约二尺，宽不过尺五，木箱用红漆刷过，面上画着一朵盛开的牡丹花。朴朴能够想象出，起初它肯定光彩鲜亮，好看至极，但现在油漆剥落，看上去不红不黑，那朵盛开的牡丹也变得模糊不清了。这个小木箱是母亲出嫁时的陪嫁物。朴朴蹲下身，

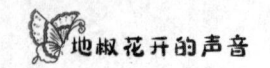

用手抚摸着，心里不由得一阵激动。木箱里装着一些朴朴心爱的东西，这些东西她不知曾摆弄过多少次了，几个小本本、一支钢笔和一瓶墨水，还有弟弟读过的旧课本。天亮后，她就要背着铺盖卷儿和这个小木箱到很远的乡中学上学去了。

母亲含着泪给朴朴准备了拆洗好要拿的被子。被子又旧又破，被里被面早都打上了补丁，洗的时候不能用劲儿揉搓，一搓就破了。缝被子的棉花呈一疙瘩一疙瘩的球状，母亲只好将那些棉花疙瘩一点点撕开，然后用手抚成一块块棉花片，再将棉花片一片片铺成了棉花毯，用了好几个晚上的时间。朴朴看着母亲弓着背在那里一针一线地缝，凌乱的头发上沾满了棉花絮。母亲每缝一针，朴朴的心就不由自主地要揪一下，好像母亲一针针不是缝在被子上，而是扎在她身上。朴朴知道，自己走后，母亲会更辛苦。母亲身子弱，经常脸色蜡黄，黄里带黑，一劳累右胸脯下面就疼。但母亲从未去过医院，一来没钱，二来家里地里全要靠母亲操劳，没有时间。

朴朴想，要是父亲在就好了，母亲也不至于那么劳累。可父亲不在了，几年前患肝癌去世了。父亲可是村里出了名的好劳力，言语不多，干起活儿来从不惜身子。那年冬天公社建水库，抽调了生产队的精壮劳力，父亲自然被抽去了。父亲干了两个月，就累倒在了工地上。被人送回来时已经不行了。脸色黑黄，眼圈都是黑的。拉到乡医院检查后，医生摆摆手说："回去吧，想吃点儿啥就让他吃吧。"言下之意，父亲没多长时间了。

朴朴的心

朴朴总感觉父亲是为了她才累垮的。她一直嚷着要上学，父亲上工地前曾笑着摸摸她的头说："女儿，爸到工地干活儿除了挣工分儿，听说还给钱挣呢。爸一定好好干，争取多挣点儿，送你去上学。"朴朴就高兴地盼着，盼着，可盼来的却是倒下的父亲。父亲摸着朴朴的头艰难地说："爸本想在工地多干点儿，多拿点儿补助，看来送你上学没法实现了。你弟弟是咱家唯一的男孩儿，爸偏心眼让他念了书，你不要恨爸。"父亲说着眼角挂着泪。朴朴拉着父亲的手哭着说："爸，我不上学了，我只要你好好的。"可父亲还是没有好好的，没多久就撒手走了。

父亲不会想到能有今天，朴朴终于可以上学了。朴朴真的很想把这个好消息告诉父亲，让父亲也高兴高兴。可惜父亲永远也不会知道了。

天终于亮了，这是一个多么可爱的早晨啊！瓦蓝瓦蓝的天空，犹如明镜般透亮。一丝风也没有。喜鹊一大早就在硷畔底下的那棵大柳树上叽叽喳喳叫个不停，它似乎也知道朴朴今天要上学去，兴奋地不时跳上跳下催促着朴朴：该走了，该走了。母亲将朴朴的被子和小木箱一起捆好，等朴朴二叔过来把朴朴送到学校去。等了很久，朴朴的二叔才不紧不慢地走进院子。他看上去神情很疲惫，头发乱糟糟向上翘着，脸色蜡黄，满嘴的燎焦泡溃烂得泛着白，不时吸溜着用舌尖舔一下。看来昨晚他又熬夜上山背石头去了，应该很晚才回到家。

地椒花开的声音

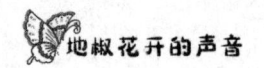

二叔蹲在窑门口,不像是来送朴朴的。只见他慢腾腾地用那被石头磨得粗糙发白的手指卷了根烟,然后看了嫂子一眼,半晌才磕巴着问:"那啥,这个家能离开朴朴吗?"

"离不开也得走。"母亲说。

"穷光景都没法过,还让孩子上啥学?朴朴走了,家里这一大摊子活儿让谁干?"

母亲斜了小叔子一眼:"朴朴不上学穷光景就能改变了?再说,朴朴上学又不用我们掏钱。娃现在都成这样了,难道你不为娃以后着想?"

二叔瞅了眼朴朴左边那半截空了的袖筒,没有再说话,耷拉着脑袋叹了口气,默默地抽完烟,随后站起身来把朴朴的东西提到大门口,放在了架子车上。

那是一个没有任何预兆、突如其来的悲惨事故。

一个乌云密布的下午,队里所有的人都在场上忙碌。一年的收成都上了场,如果被雨水给毁了,庄稼人一年的辛苦打了水漂不说,全村人吃什么?队长召集全部劳力在抢时间。朴朴也在场上劳动,虽然她只能算半个劳力。一架脱粒机刺耳地怒吼着,朴朴和另外一个妇女不停地往脱粒机上放糜子。手忙脚乱中,不知怎么的,朴朴的一只胳膊就被卷进了机器,只听得一声惨叫。当人们把朴朴的胳膊从脱粒机里拽出来,它已被铁齿咬得血肉模糊,现状惨不忍睹。朴朴的母亲当场就惊吓得昏死过去。场上所有人都惊恐万状,慌作一团。在队长的指挥下,

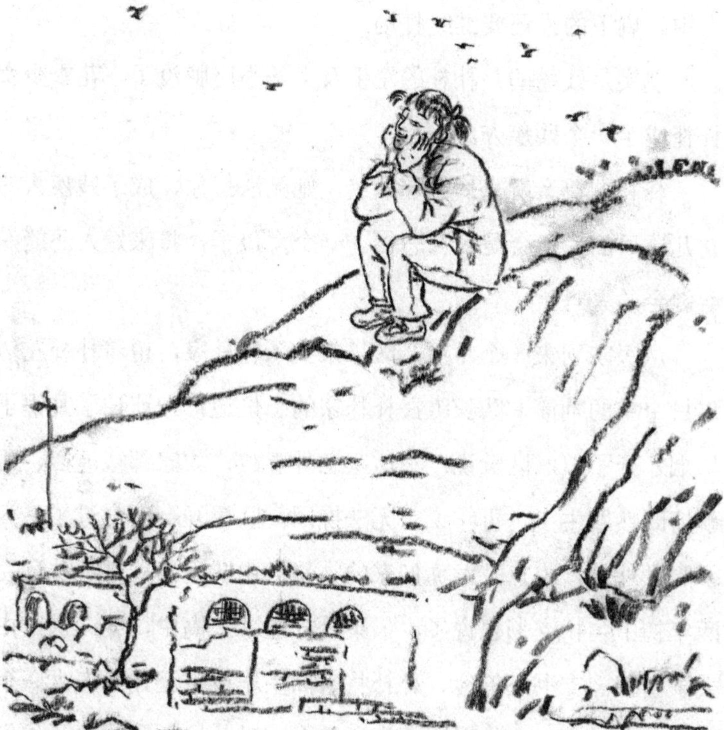

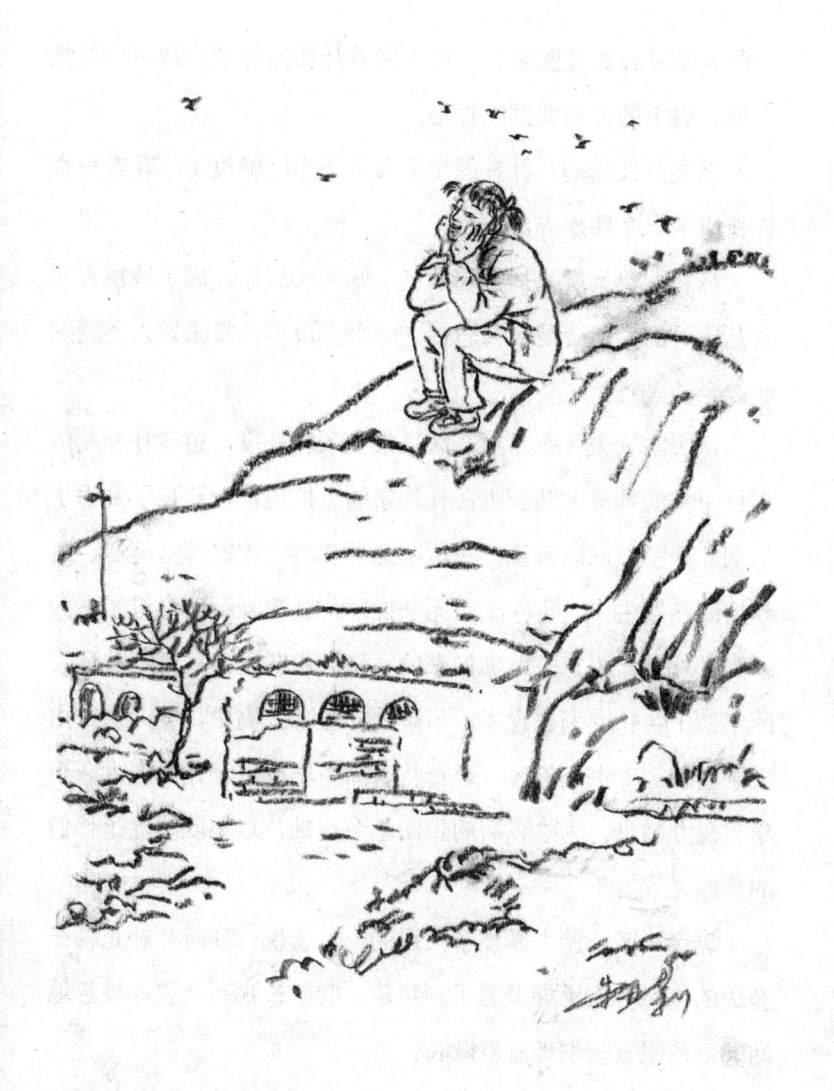

一些人把朴朴送往医院,一些人围着朴朴的母亲一边叫一边掐人中。剩下的人还要继续打场。

现实是残酷的,朴朴的左手及半条小胳膊没了,花季少女朴朴成了一个残疾人。

朴朴的母亲醒来后悲痛欲绝,她无法想象,成了残疾人的女儿以后的命运会是多么悲惨。一个女孩子,将来嫁人还能嫁给健全的人吗?

从医院回来一个月后,队长来到了朴朴家,望着朴朴左边那只空空的袖筒,队长蹲在朴朴家的土炕边,一连抽了几锅子旱烟才开了口。队长说:"这次意外事故,大家都很痛心,可事情既然发生了,再咋说也无法挽回。队里开会研究过了,为了照顾朴朴,也算是对你们家的补偿,由队里出钱供朴朴读完两年初中。杨支书也说了,如果朴朴能考上高中,继续供,由大队出钱。支书还答应,朴朴将来高中毕业,就让她在大队小学当民办教师,为娃以后的生活垫个基础,这不就解除了你们的后顾之忧?"

母亲一听,脸上露出了久违的一丝喜悦。当时朴朴正蹲在旁边的木墩旁右手握着刀子剁猪草,听队长那么一说,她忽地站起,两眼直愣愣地盯着队长。

自从事故发生以来,朴朴一直处于浑浑噩噩、痛苦万分的状态中,每天用剩下的那只手拼命干活儿,干活儿,不让自己有胡思乱想的时间。

朴朴的心

"队长，你说的话是真的？"朴朴不敢相信地问道。

"真的。"看着朴朴眼泪扑簌簌地落下来，队长眼睛也湿润了，肯定地对朴朴点点头。

"这么说我能上学去了？"

"傻孩子，还问啥，这还有假？"母亲也高兴得流下了眼泪。

这是不是在做梦？朴朴转身在院子里狂奔，一边抬头望着碧蓝的天空，一边将右手和左边那半条胳膊高高举起，似乎要抓住天空中的什么东西。

庄里人都知道朴朴爱学习，小学的课程都自学通了。朴朴想上学想得发疯，现在队里让她圆了这个梦。朴朴感觉自己一下子从痛苦的深渊跃上了幸福的大道，全身轻飘飘的，犹如一根鸿毛没了重量，袅袅娜娜地在天空飘啊飘，这种感觉真好！只要能上学，别说一条胳膊没了，就是一条腿也没了，朴朴也觉得值。朴朴太想念书了！弟弟上小学，拿回来的课本她看几遍就会了，还反过来教弟弟呢。朴朴觉得自己天生就是块上学的料，而不是窝在家没完没了地干活儿。在朴朴看来，意外事故使她丢了一只手半条胳膊，却又给了她上学的机会，老天爷还算眷顾她。看了看自己那半截空袖，朴朴就没那么难过了，仿佛那条伤残的胳膊本来就是那样子。想到书声琅琅的教室，朴朴感觉自己的心早已飞到了学校。

沉浸在突如其来的幸福中，朴朴完全没有注意到，队长站在院子里又和母亲说了很久的话。只见母亲用一只手不停地揩

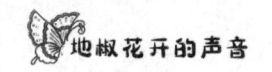

着眼里流出的泪。隐约听见队长说蛋娃是个好孩子，除了两条腿，其他都好着呢。以后朴朴书念成了，支书还会亏待了她？朴朴不知他们说什么，但她知道蛋娃是支书的瘫儿子，从小因患小儿麻痹症，两条腿细如麻秆不能站立，更别说行走了。可他们说蛋娃干啥呢？

也许母亲又忧心她的残疾，队长一定是宽慰母亲，说你看支书的儿子蛋娃两条腿残疾，不也一样活得好好的？

朴朴不愿去想那些与她无关的事。此刻的朴朴心里已盛满了幸福，满满的都要溢出来了。她迈着轻盈的步子，愉快地哼着歌儿，将剁好的猪草麻利地揽进筐子。猪饿得直叫唤哩，她要去喂猪。

朴朴喂了猪，笑吟吟回到窑里，却见送走了队长的母亲正在窑里掩面呜咽，仿佛有什么巨大的伤痛撕扯着母亲，使她表情痛苦地扭曲着，面部的肌肉阵阵抽搐。见女儿从门外进来，母亲慌忙扭过头去。

在朴朴的记忆里，母亲还从没有这么伤心地哭过，就是哭也很少让他们看见。朴朴顿时惊得魂飞魄散，奔向母亲："妈，你这是咋了？"

母亲一把将朴朴搂进怀里，仿佛怕她顷刻间消失一样。"我……我可怜的娃啊！你的命咋这么苦？"母亲嘴里喃喃着，剧烈的抽泣使得两个肩膀不住地抖动。

"妈，出啥事了？快告诉我！"不祥的预感瞬间笼罩了朴

朴朴的心

朴那颗才塞满了阳光的心。

女儿惊恐的眼神,犹如数不清的芒刺刺着母亲的心。母亲强挤出一丝笑:"没……没事,妈这是高……高兴的。想到原来没能力让你上学很伤心,现在队里能让你完成心愿了。我想这么好的事咋就能落在我们朴朴头上呢?"

"妈,那你就别伤心了。"听了母亲的话,朴朴不觉松了口气。

"到了学校,你要好好学文化,长本领。你不是一个健全人了,要是将来真能当个老师,既称心又轻松,那是很多人都梦想干的事啊!"

朴朴再次依偎在母亲怀里,说:"妈,你不要为我难过,以后一切都会好起来的。只是我走后你会更苦,那么多的活儿,要尽量让弟弟妹妹多干点儿,你千万不能累病了。"

母亲揩去了眼里又流出的泪,摸了摸朴朴的小辫说:"傻孩子,还担心妈干啥,你就一心一意学好文化吧。"

朴朴终于走进了学校。两年的时间过得飞快,眨眼间朴朴初中毕业了,她以第一名的优异成绩考上了县城高中。就在朴朴沉浸在考上高中的喜悦与兴奋之中时,一个早晨,村支书到她家来了。

支书提出了一个让朴朴惊呆的条件:朴朴如果想继续读高中,必须先和他的瘫儿蛋娃订婚。

在朴朴惊疑的目光下,母亲流着泪对朴朴说:"当初你能

11

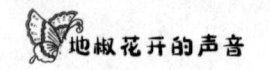

到学校上学,也是支书的主意。支书想给蛋娃说个媳妇,健全人不愿意跟。反正你也残疾了,跟了蛋娃,以后在学校当个民办教师,活儿轻一点儿不受罪。"后来母亲还说了啥,朴朴都没听进去,朴朴只看见母亲的嘴不停地动着,动着。朴朴整个人犹如木雕泥塑般立在那里没有反应。过了很久,她走出院子,一步一步爬上她家窑洞后面的那个土坡,坐在坡上整整一天都没有下来。

庄里人听见朴朴在土坡上哭鼻子的声音,那哭声一阵有一阵无,断断续续的。平时和朴朴要好的几个女孩不忍心,要上去看,都被朴朴母亲阻止了。朴朴母亲流着泪对她们说:"别打扰她,让她好好想一想。想通了,就好了。"

但朴朴咋也想不通,自己就一只手没了,还没有惨到要和一个瘫子过一辈子的程度。朴朴觉得自己跟健全人比只是稍微不方便罢了,她的心劲儿大着呢,将来还要找个健全的男人过日子,再不济也不会是蛋娃那样的瘫子。

泪水在朴朴的脸上肆意流淌,朴朴感觉内心的痛苦在发酵,在爆裂。委屈、悲哀、伤心、失望充溢了她的心。太阳一点儿一点儿地向西面的山坡坠下去,朴朴的心也跟着一点儿一点儿坠下去,仿佛坠入了万丈深渊。

天黑下来了,朴朴不愿回家,依旧木雕似的坐着。母亲爬上坡来默默地将朴朴揽进怀里,柔声对朴朴说:"你不愿意就算了,无论你做出啥决定,妈都支持你。"

朴朴的心

朴朴软软地依偎在母亲怀里,梦呓似的说:"妈,可我想继续上学。是不是我不和蛋娃订婚就不能上学了?"母亲摸着朴朴被泪水浸湿的脸庞,心酸地说:"我们不上学了。一想到你一辈子要伺候个瘫子,妈这心就堵得慌。虽然我们朴朴一只手没了,但什么活儿也能干,为啥要嫁给那个瘫子呢?"

听了母亲的话,朴朴再没吭声。夜色越来越浓,远处啥也看不清了。漆黑的夜死一样静。夜晚的风缓缓吹来,伴着泥土的香味轻轻抚摸着朴朴的脸。朴朴就这么和母亲久久坐着,谁也没有再说话。

庄里人都猜想朴朴肯定不上学了,再有文化又能咋样?谁愿意和一个瘫子过一辈子?但朴朴做出的决定让他们大吃一惊:她愿意和蛋娃订婚,高中毕业后就嫁给他。庄里人不觉都瞪圆了眼睛,说这女子简直是疯了,头往胶锅子里钻呢,为了能上学不想后果。

据说朴朴订婚那天,情绪还不错。订婚的仪式是男方到女方家来举行。那天支书背着瘫儿蛋娃,手里提着两瓶酒,还给朴朴买了枚订婚戒指。虽然是银质的,看上去也细细的,却闪闪发着亮光。这在当时的农村,已经算是稀罕物了。人们还看到蛋娃和朴朴说了会儿话,说了啥谁也没听见。只看见蛋娃两眼亮晶晶的,充满了渴望,痴痴地注视着朴朴那张俊俏的脸。

朴朴到县城上高中去了,是支书骑着摩托车亲自把朴朴送到县城的。支书很高兴,对朴朴能答应给蛋娃当媳妇心里充满

13

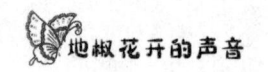

了感激。支书生了三个孩子,两个女儿,就蛋娃一个儿子,他还等着抱孙子呢,做梦都盼着抱孙子。他知道,儿子除了两条腿不能行走外,其他方面都没问题。他对朴朴心怀感激,甚至是感恩。支书一路对朴朴说了很多话。他让朴朴安心学习,不要担心她家里,说有啥事他会招呼的。学好了文化,将来毕业在大队小学当个民办教师,挣工分儿还能拿补助,多好的事。人还是要活得实际些,不能好高骛远。支书啰啰唆唆说了一路。到了县城,领着朴朴进食堂吃了一顿饭,又给朴朴买了一些学习和生活用品。同学们都以为支书是朴朴的亲生父亲呢,很是羡慕。

高中两年,朴朴同样很优秀,学习成绩一直名列前茅。最后,她和同学们参加了高考,以优异的成绩考上了北方一所名牌大学,但由于朴朴残疾,体检时被刷了下来。朴朴知道会是这个结局,她只是想证实自己的实力。朴朴已经心满意足了。

支书安排了村里的手扶拖拉机到县城去接朴朴。朴朴打理好自己的铺盖卷,离开学校时,她依依不舍地望着熟悉的校园,望着校园里的一切。朴朴不想离开学校,她太爱学校了,爱学校里的学习环境,爱同学们聚精会神听课的模样,爱老师讲课时的那种抑扬顿挫……朴朴真想一辈子待在校园里,永远都不要走出这个校门。

但这怎么可能呢?

拖拉机行驶在高低不平、弯弯曲曲的山路上。朴朴默默地

朴朴的心

坐在拖拉机上，随着凹凸不平的山路颠簸、摇晃。远处是起伏的山峦和灰蒙蒙的天空。山脚下有一个老汉正在那里放羊。一大群羊儿散落在草丛中，自由自在地低头啃食着嫩草。老汉大概看见了她，一阵信天游飘了过来：

女娃生来嫩脆脆，
寻下个丈夫站不起。
麦子韭菜白水水葱，
十七八女娃要配婚。

朴朴知道，这个老汉肯定知道她，信天游也是专门唱给她听的。

"朴朴，你回去真的要嫁给蛋娃吗？"开手扶拖拉机的是个小伙子，朴朴认得他，他叫王虎，和支书是一个庄的。小伙子回过头来，用那双黑白分明的大眼睛瞅着朴朴关切地问。

"你说呢？"朴朴回过头来，故意问他。

"这……"王虎一时不知如何回答，竟羞赧地又瞥了朴朴一眼。

不知为啥，小伙子那一瞬的表情，竟让朴朴怦然心动。朴朴脸倏地红了，一直红到了耳根，心无缘无故一阵急跳。朴朴努力让自己镇静，避开小伙子的视线，一双水汪汪的眼睛张皇地看向别处。

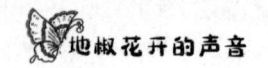

朴朴脸上的红晕使得整张脸变得异常妩媚，王虎又回头瞥了一眼。小伙子一时心猿意马，差点儿把手扶拖拉机开到了沟里。

嫁给蛋娃这件事，朴朴高中两年早已想了无数次，想透了，也想好了。朴朴是个有主见的女孩。

回到村里没多久，朴朴就顺利地到大队小学当上了民办教师。不长时间，她教书就得心应手了，孩子们都喜欢她，虽然他们的老师只有一只手，可教书的水平高着呢，讲起课来通俗易懂，学生们个个爱听。而且不长时间，朴朴带的那个班学风明显好转，学习成绩也有了显著提高。

朴朴在学校教了大半年的书，支书就下了聘礼，给了朴朴母亲八百八十元的彩礼，并定下了日子，要娶朴朴过门。学生们都知道他们的老师朴朴就要嫁给一个瘫子了，都替老师难过。庄里人也都惋惜地咂着嘴，可有什么办法呢？朴朴能念了书又当了民办教师，其实都是支书的功劳。朴朴如果不嫁给蛋娃，就会背上忘恩负义的名声，天理也不容。但人们还是替朴朴惋惜，多好的一个女孩呀！

朴朴心里早就明白，除了嫁给蛋娃，她别无选择。谁让自己当初不顾一切要去上学呢？结的这个果子明知是又酸又涩难以下咽，自己也必须得吃下去。

朴朴出嫁那天，庄里人全部出动来送她，都想看看朴朴要嫁给支书的瘫儿会是个啥样。虽然朴朴一只手没了，但是在村人眼里，朴朴还和过去一样是个能干的姑娘，又有文化。要不是残疾,他们村就飞出了一只金凤凰。朴朴看上去平静如水,她木讷地穿戴好,被送亲的婆姨搀扶着,骑上那匹头上绾着红绸子的骡子,跟随娶亲的队伍走了。

那天本来晴空万里,阳光灿烂。中午时分从南边翻卷起来一片云彩,在娶亲队伍的头顶上盘旋。不一会儿,一声炸雷,豆大的雨点就降落下来,娶亲的人马被淋成了落汤鸡。有人说,老天爷也不想让朴朴出嫁。还有人说,这是一种不祥的预兆,肯定要出啥事的。有人听了就急忙呸呸直唾,说那人是乌鸦嘴,说那话会不吉利的。

朴朴嫁了,由于蛋娃站不起来,就由他堂哥背着拜了堂,举行完仪式后,直接被送进了洞房。

洞房花烛夜咋过的,谁也不清楚。因为人们没有去耍房或听门,大家都不忍看见朴朴那张强作欢颜的脸。

第二天早晨天亮时,突然间从新房里传出了哭喊声,哭声划破了早晨的静谧,听起来尖厉而凄惨。原来,蛋娃的母亲早晨起来到新房要叫醒一对新人时,发现蛋娃不对劲儿,用手一摸,人已没了气息。她的儿子不知何时已离开了人世。

新娘子朴朴则裹着大花被呼呼睡得正香,仿佛与世隔绝,只有她一个人存在。

醒来的朴朴木呆呆地看着眼前的情景,无论人们怎么问她都一声不吭。

蛋娃的母亲号啕地哭着扑过来厮打着朴朴,说朴朴害死了

17

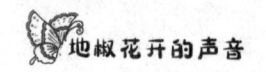

她儿子。人们疑惑不解的目光犹如一把把锋利的刀子齐刷刷刺向朴朴。

奇怪，好好的蛋娃，咋就突然死了呢？

人们好不容易把蛋娃的母亲从朴朴身上拉开，蛋娃母亲突然间跳起来大喊："报案，快报案！让公安局把这个害人精抓走！"人们这才想起报案，不管怎么说，出了人命，还是要搞清楚的。很快公安人员来了，勘查完现场后，感觉很是蹊跷，找不出蛋娃突然死亡的原因，也没发现其他任何痕迹。死者脸色稍黑，面相平静，犹如熟睡一般。房间里只有新娘子朴朴，再无他人进来，朴朴就成了嫌疑人。公安人员将朴朴带走了。

洞房花烛夜究竟发生了什么事？人们无从知道，难道真是朴朴害死了蛋娃？庄里人纷纷摇头说："不可能，绝对不可能！朴朴是个读书明理之人，既然答应嫁给蛋娃，咋会做出那种糊涂事？"

朴朴被公安人员带走以后，一个多月没回来。公安人员调查了很长时间，仍搞不清蛋娃死亡的真正原因。

本来朴朴不承认自己与蛋娃的死因有关，但在公安局释放她时，朴朴却突然改变主意，说蛋娃的死是她所为。

公安人员一下子瞪视着她，说："朴朴你要想清楚，这不是胡说的地方。既然如此，你开始为啥不承认呢？"

朴朴镇静地等着公安人员问话。

"那你说，你是咋杀死蛋娃的？"

朴朴交代了前因后果。说她为了能上学不计后果,想到将来要和个瘫子结婚就一夜夜睡不着。在县城上高中时,就分几次买了些安眠药。洞房花烛夜将安眠药化进水里端给蛋娃喝了,让他永远地睡了过去。

"你们现在就枪毙我吧,我死得心甘情愿。"朴朴看上去异常平静。

可破案需要的是证据,不是朴朴承认她杀了蛋娃就能定罪。调查结果显示,蛋娃的死并非服药物所致。由于证据不足,公安局最终还是把朴朴放了。

朴朴为何要承认是自己杀了蛋娃?朴朴心里明白,虽然不是她直接杀死了蛋娃,也是间接所为。如果自己不答应嫁给蛋娃,蛋娃绝对不会死,现在他还好好的。过去二十多年来,蛋娃不是一直都好好的吗?

朴朴越想越觉得自己罪孽深重,不可饶恕。为了达到自己的目的,累死父亲,又害死蛋娃,自己还不如随蛋娃一起去了。

朴朴被放出那天,在公安局的大门口一直徘徊了很久,后来也没有回家,她来到蛋娃的坟前跪下,深深磕了三个头,随后眼睛怔怔地注视着那堆黄土。

"蛋娃,你咋就死了呢?啊?你是怎么死的啊?那天晚上你只说我累了,让我早早睡吧。可你咋就死了呢?"朴朴喃喃地对着那堆黄土说。

坟地的四周很静,静得有些瘆人。朴朴一时神情有些恍惚,

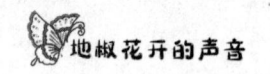

她看见蛋娃蹲在婚床角边儿上，常年不见阳光的那张脸看上去惨白惨白的，眼睛里流露出的那种渴望令朴朴感到心悸。

"今天我们虽然订婚了，但我要告诉你，这是我爸的主意，我一个瘫子不配你，我从来也没那样想过。"

"别那么说，我是心甘情愿的。"

"你真的愿意嫁给我？"

"我不也和你一样，也是残疾人。"

"那不一样，我知道你是为了能上学，才做出这个决定的。我也渴望上学，可我寸步难移。你上学也是在替我实现上学的梦想啊！所以，我没阻止我爸。"说着这话，朴朴看见蛋娃的眼睛里有亮光一闪一闪的。

"你也想上学？"

"怎么能不想？做梦都想啊！可我一个废人，你看我活着和死了有区别吗？"蛋娃瞅了眼自己那两条细如麻秆的腿，极凄苦又诡异地一笑。

"你别瞎想，我会履行自己的承诺。"

蛋娃嘴角一咧，一丝不经意的嘲讽和冷笑浮在脸上，他说了句："放心，我不会拖累你的。"

这句话朴朴当时并没怎么在意，她服侍瘫子丈夫躺下后，自己也躺了下来。因为身心疲惫，她竟一觉睡到大天亮。

蛋娃的死，是蛋娃早就预谋好的。这个瘫子，心咋这么狠啊！

朴朴泪如雨下:"蛋娃,你为什么要这么做?可怜的蛋娃啊!"朴朴尽情地痛哭起来,哭声凄厉而悲惨,久久回荡在寂静的坟地上空,周围一切有生命的东西仿佛都被朴朴的哭声惊住了,呆滞凝固在那里不动。

"呜——呜——"朴朴用右手不停地拍打着蛋娃的坟头,仿佛要把土里那个可怜的人拍醒。

白草台

说书艺人马三友身后背着师傅传下的那把三弦，行走在白于山的褶皱里。

时令已入深秋，几乎一年无雨，光秃裸露的山梁看上去犹如一堆堆干牛粪，冷硬而苍白。马三友爬上一座山，全身汗涔涔的，把三弦从背上取下，就地坐在个土坎子上想歇会儿。这时，突然一道白光从眼前一闪，直通天际，耀眼的光刺得马三友一时间睁不开眼，好像那道光是从三弦发出的，他以为自己眼前出现了幻觉。

定睛一看，太阳的光刺眼，大地一片沉寂，周围的一切在阳光的照射下，泛着一种奇妙而神秘的红晕。

"奇怪！"马三友不由得自语一声。看了看怀里的三弦，这把由名贵的紫檀木做成的三弦，此时正发出幽幽的、暗红色的光。抚摸那光滑的琴杆，他随手拨拉了一下三根弦，那三弦竟发出一声十分怪异的呻吟，似低哼，又似呜咽。

马三友心里不觉一颤,将脸贴向那琴杆。琴杆冰凉冰凉,犹如死人的肌肤般瘆人。那种冰冷一直钻进马三友的心里,渐渐扩散至全身。此刻,一股说不出来的悲哀迅速笼罩在马三友的心头,恰似远处那灰蒙蒙的山梁。

"师傅,您老人家不知道,我有很多话要对您说呢,我这就来了。"马三友嘴里咕哝着,抬头看了看已偏西的太阳,站起来将三弦背好,继续赶路。

山洼里,那一块块荒芜的土地,已经没有了村民劳作过的痕迹。放眼望去,除了望不穿的黑暗和死一样的沉寂外,那覆盖着冰凉寂寞的山峁,只裸露着暗灰色的土地和枯萎的蒿草。

马三友知道,在这偏远落后的深山里,越来越多的人已经离开了这里,走进城市,当起了打工者。很多土地就这样荒废了,变成了不是废墟的废墟。

眨眼工夫太阳就跌进了西山,阵阵寒意袭来,周围的一切渐渐变得朦胧而惨淡。马三友只觉得嗓子眼火辣辣的,又渴又饿的感觉像虫子般啃食着他。一整天啥东西也没吃,得找个地方充饥和歇息一宿,明早再继续赶路。

远远地,马三友看见前面的半山坡上有一户人家,窑洞里好像亮起了灯,那灯光忽而有忽而无。他决定上去看看。

等他爬到半山腰那户人家院外时,天已完全黑了下来。

走进那个空旷破落的院子,里边有两孔窑洞,右边那孔黑洞洞的,似乎没有门窗;左边这孔窑里亮着灯,那灯光使得马

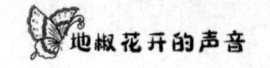

三友感觉心里暖融融的，幸亏有了这么个歇脚的地方，不然今晚就要露宿野外了。

这大山里原本居住的人家就极其分散，有时走上几十里路也看不到一户。过去马三友和师傅经常在这山里说书，露宿野外是常有的事。

他刚走到窑门前，那门竟无声地打开了。马三友看见一个衣衫褴褛的老汉站在门里，一双疲惫的眼睛正打量着他。看见他身后背着的三弦时，老汉眼睛一亮，咧开唇纹很深的嘴巴笑了，连忙将他招呼进窑坐在了土炕上。听他说口渴难忍，老汉从后窑掌端来一搪瓷缸子水递给马三友，马三友一口气喝完。老汉又从后窑掌端来一大碗和菜稀饭叫他吃，马三友饿极了，不客气地接过来一阵狼吞虎咽。吃完后，才发现这窑里只有老汉一人，再无他人。一盏极其微弱的豆油灯下，窑里的一切模糊不清，马三友始终没有看清窑洞里究竟有些什么。只见一盘大土炕，从窗前一直连到后窑掌。这是山里过去的那种老式炕，炕就占去整个窑洞的三分之二，这种炕现在十分少见了。马三友太累了，本想和老汉攀谈几句，不知为啥脑子就迷糊起来，哈欠一个接着一个打，全身酸软得提不起一点儿精神来。老汉也没和他说啥，只拿起他那把三弦喜爱地盯着看，爱不释手地抚摸了会儿，将它立在靠窗子的炕角处，然后对马三友摆摆手，示意他睡吧。马三友就势一躺，两眼一闭就睡了过去。

半夜里，马三友被一阵悦耳的三弦弹奏声惊醒，迷迷糊糊中睁开眼睛,看见一个人抱着他那把三弦背对他坐着,正在兴致盎然地连弹带说带唱。那人分明是师傅,那熟悉的声音钻进马三友的耳朵里是那么亲切。只见炕上炕下挤满了一窑的人,窑里挤不下,院子里似乎也站满了人,都在聚精会神地听着师傅说书。师傅坐在那里,腰杆挺得直直的,犹如一根葱,他还是年轻时的样子。

马三友糊涂了,师傅咋会在这儿说书呢?再看看那些听书人,就更奇怪了,个个灰头土脸,衣着古怪。有的人还穿着过去的那种老式大襟袄,有的男人脑后竟吊着一根大辫子,俨然清朝时的打扮。所有人的眼睛都烁烁发光,一脸的专注和陶醉。马三友看见窑主——那个老汉,坐在距油灯不远的地方,嘴里噙着一根旱烟锅子,眼睛眯成一条缝,脑袋随着脆铮铮的甩板(陕北人说书绑在腿上打的板子)和三弦声来回晃动,早已进入了一种忘我的境界。

一个女人抱着个襁褓里的婴儿,两只眼睛一动不动地瞅着师傅,犹如被定在那里一般。

旁边的人全听得入了神,个个嘴张得像个窑门。

师傅正在说《转靴记》,说的是山西洪洞县贼人杨红在山里抢了良家妇女朴秀英,打死了其男人王子林,回到杨家庄,逼朴秀英和他成亲。朴秀英便骂他:

贼杨红,你往远滚,

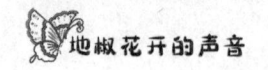

别在你妈面前胡骚情。

驴下羔羔狗猪生,

你竟把人皮披在身。

不是你妈把你生,

好驴都下不下你这号人。

驴怀驹子十二个月,

鸡抱鸭子二十天。

骂你杨红不要脸,

你妈怀你才三个月。

"哄"的一声,所有人笑得前仰后合,脸上开花。听得窗外还有年轻女子跟着复道:"骂你杨红不要脸,你妈怀你才三个月。"嘻嘻哈哈的嬉笑使得男人和女人乐在其中,不能自已。

此时,弦儿柔,甩板脆,月光洒下一片清辉,人们个个犹如神仙,好不快活。

再看师傅说书已进入高潮,口吐莲花,妙趣横生,一口百腔、一音百调之绝技发挥得淋漓尽致。书说到惊心动魄处,在场所有人都自顾不暇,叫骂的、呆若木鸡的、咬牙切齿的……

恍惚间,马三友听得窑外的墕畔上传来脚步声,院子里的牲口也有了响动,驴在刨着蹶子,马在打着响鼻,羊在"咩咩"叫着,牛在大声反刍。对面山坡的坟地上空有鬼灯笼闪闪烁烁,犹如幽灵般眨着眼睛,全被师傅说的书所感染,在那里尽情狂欢呢。

马三友分不清这是不是在梦中,不知过了多久,东方渐渐发亮,远远地传来一声鸡鸣,眼前的景致竟然"哗"地一下全没了,窑洞里一下子变得死一样静。

清醒过来的马三友使劲儿用手揉了揉自己的眼睛,再看时,窑里啥也没有。奇怪,他用手又掐了下自己的胳膊,想证实自己是否醒着。结果痛感传来——自己是清醒的。

晨曦微露,窑里渐渐清晰起来。马三友看见自己那把三弦移了位——睡前被老汉立在前炕靠窗子的炕角处,现在却立在后窑掌。一盘烂土炕上落满灰尘,窑顶塌陷掉下来的土块到处是,密密麻麻的蜘蛛网布满了窑壁。

他急忙翻身下炕走出窑洞。只见院子里蒿草丛生,四周院墙全部坍塌,院子里一棵歪脖子老榆树枯干着身子立在那儿,下面落满了鸟屎。原来这是两孔久不住人的烂窑。右边的那孔窑洞已被坍塌的窑体掩住,上面只露出一个不大的小洞。昨夜他钻进的这孔烂窑窑体也大面积坍塌,根本就没有门窗。

想起昨晚站在窑里为他开门的那个老汉,马三友的头发都竖了起来,感觉一股冷气直冲后脑勺。他迅速钻进窑里去找三弦,看见落满尘土的烂窑里只有他一人进出的脚印。他一把抓过三弦转身就走,由于心慌,脚下的一块土坷垃将他绊倒了,三弦也从手里摔了出去,发出一声惊心动魄的脆响。此时马三友头皮发麻,面如土色,爬起来抓过三弦,连滚带爬窜出烂窑。

地椒花开的声音

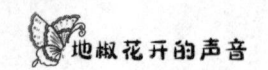

突然间,院子里不知啥东西扑棱棱的一声,马三友双腿一软,这时看见草丛中有只山鸡箭一般逃走。几乎吓掉了魂魄的马三友慌不择路,翻过一道烂土墙,逃命似的离开了这个阴森恐怖的地方。

黎明终于过去了,天空看着依旧灰蒙蒙的。四下除了清冷的空气外,只剩下寂静荒芜的山野。此时,马三友一身冷汗,感觉全身冰凉冰凉,犹如掉进冰窟窿里的感觉。他不自觉地用手摸摸身后背着的三弦,努力控制住自己那双颤抖发软的长腿,感觉脚踩在干硬的山路上软绵绵的,仿佛被人抽去了筋骨。

莫不是吓破了胆吧?他心里嘀咕着。

太阳慢慢地从东山爬了上来,看上去又红又大,却没有一丝热量。马三友大口喘着粗气,估摸着距白草台还有多远。没多久,一道山梁就被他抛到了身后。

前面的山洼上,又是一处被废弃的土窑洞。院墙同样倒得七零八落,门窗已被卸了,窑里黑洞洞的。硷畔上的猪羊圈空旷破败。闲置一边的石碾子静静地躺在碾盘上,仿佛在默默地沉思着什么。坡底下长着几棵果树,孤独而忧郁地立在那里,缄默无声。失去了主人的呵护,这里再也没有了淘气的孩子们光顾,几只麻雀飞过来落在光秃的枝丫上,鸣叫着四处张望,一会儿又无聊地飞走了。

偶尔看到山坡上的现耕地有收获过的痕迹,农忙过后,只留下一片空旷、凄凉。

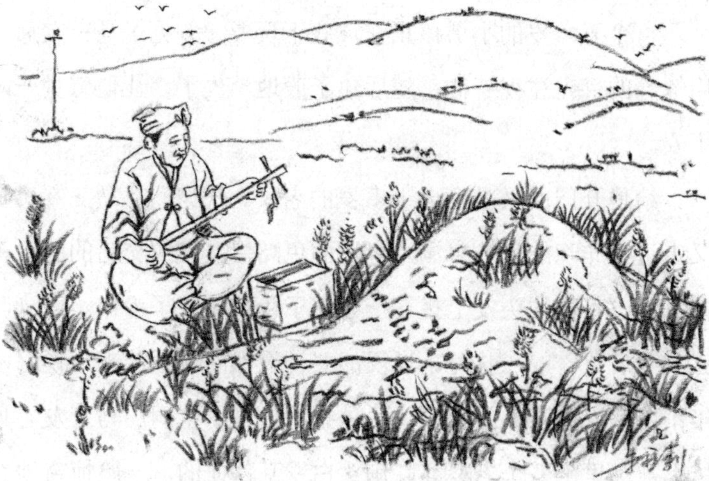

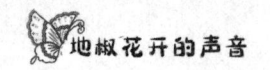

马三友终于来到一个山坳里，看见山脚下有几户人家。周围的树木将窑洞遮掩得若隐若现，一缕炊烟袅袅升起。

这地方马三友记得，他曾和师傅来过，村子叫左崾崄。二十多年过去了，山还是那座山，沟还是那条沟。记得村里原来有二十几户人家，现在看来也就剩三四户了。走进村子，映入眼帘的是一派冷清和萧条。

一个五六岁的小男孩正在坡底下玩耍，看见了马三友后，用惊恐的目光注视着他，随后兔子般地消失了，让他感觉一阵不安。

给他开门的又是个七十多岁的老汉。恍惚间，马三友感觉又走进了昨晚的那孔窑洞。老汉面色黯黑，皱纹交错的脸上神情木讷，苍白的头发上拢着一条失了色的羊肚子手巾。看到马三友身后背着的三弦时，老汉的眼神突然间活泛起来，说好多年不曾有说书匠上门来了，于是招呼他进了窑洞。马三友看见炕上被窝里坐着个老婆婆，满头白发乱蓬蓬的，一脸惊奇地看着他。老汉说这是他老伴儿，常年有病在家待着。看来他们两人正在吃午饭，米饭、洋芋熬白菜。马三友早已饿得前胸贴后背了，看着饭菜，胃里翻江倒海起来，直咽口水。老汉看着他说："要不嫌弃就坐下来一起吃吧。"马三友也没谦让，端起碗就吃了起来。吃过饭，老汉把自己的旱烟锅子递给了他。马三友装上一锅烟叶抽起来，一边打量着窑里的一切。

看来，这是户殷实人家，家里摆放着各种电器。两个油漆一新的大红木柜很显眼,靠窑掌边摆放着。炕围子贴着花红柳绿的壁纸,家里收拾得干净整洁、一尘不染。

"这些电器是我儿子从城里买回来的,他说这家里太空了。可我和老伴儿都不太喜欢这些东西,感觉还不如听一场书过瘾呢。"老汉看着他笑了笑,咧了咧嘴又说,"儿子在城里安了家,叫我们老两口过去住,可我们高低不习惯城里的嘈杂喧闹,死也不愿去。"

"怎么了你?"正说着,老汉见老伴儿突然用手指着马三友的那把三弦,示意拿给她看看。马三友就把三弦递给了她。老婆婆拿在手里仔细看着,用手摸了摸,突然咧开没有门牙的嘴巴笑了:"这是老贺书匠的三弦,我认得。这么说你是他的徒弟?"

马三友点了点头。

"我说嘛,就觉得你咋这么面熟,原来你和贺书匠来我们这里说过书的。"

"是来过。"

"你师傅那可是个大书匠啊,过去在这一带是无人不知、无人不晓啊!可惜他早就没了,我真想再听他说一段呢。"老汉感慨地说。

"可现在书说不下去了,我这次来就是要去见师傅,告诉他这事。"

"你说得也是,除了我们这些老家伙还爱听书,现在的年

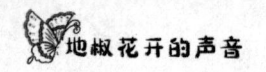

轻人谁喜欢这个？城里更没人听了。"

一阵沉默。

"你脸色咋这么难看，是受凉了吧？往里边坐。"老婆婆伸出手热情地招呼马三友，并用手拍拍炕皮说，"这炕烧得热着呢，你往里坐。"

马三友又往里边挪了挪。

"之前从哪里来？"

"前面那座山，半山腰有两孔烂窑，我在那里过了一夜。"

"那地方是不是长着一棵歪脖子老榆树？"

"是。"

"你真是在那个烂窑里住了一夜？"两位老人看起来十分惊奇。

"不能住吗？"

"那地方早没人烟了，传说经常闹鬼。有人夜间从那里经过时，看到窑里亮着灯，有时又听到从烂窑里传出各种各样奇怪的声音。后来，就没人再敢从那里走了。"

"那地方原来住着啥人？"

"一户姓白的人家，大家都叫他白老二。有一年春天不知为啥，他的儿子、媳妇全患了一种奇怪的病，不长时间就死了。剩下白老二一人，他倒是活了很多年。老汉那时候喜欢听书，只要你师傅老贺书匠一来，都会被他留在家好吃好喝地招待，然后煮上一壶茶，叫来村里人一边喝茶，一边说书，很是热闹。

有时几天几夜都不倒台。过去这山里不通电,听书便成了人们唯一的精神寄托和乐趣,那时多么痴迷听书啊!"

"听说白老二死后没有埋,遗骨就堆在后窑掌。有人曾进去过,看见后给吓坏了,你看见没有?"

马三友摇了摇头。

"你看看我这根手指。"老太太突然伸出一只手让马三友看,只见她的中指断了一节。

"为了听你师傅说书,让碾子给轧坏了。那时候,婆姨们白天要下地劳动,晚上套上驴在烂窑里碾米磨面。赶着把吃的东西置办好,才能腾出时间来去听书。晚上窑里就点一盏小煤油灯,黑灯瞎火的,这个中指就给轧坏了。那个时候心劲儿咋那么大,听一夜书都不觉得瞌睡。"

"那时日子过得像一潭死水,生活没一点儿乐趣。可书匠一来,我们就变得活泛多了。无论是在茶余饭后,还是田间地头,都在说书里的事:高宝童和夏琼英是怎么终成眷属的,郭子后千里寻母如何得以母子团圆的,四仙姑咋样下凡私配了一个农人……说着书里的事,唱着书里的调,个个高兴得犹如过节一般,干多少活儿都不觉得熬累。"

"每次只要老贺书匠一来,几十里外的农民都赶来听书,那个红火的热闹场景简直是没法形容。"

"可惜你师傅那年没了。在花豹沟说书时整整说了一夜,天亮时,人不知咋的朝后一倒,再也没有醒来。"

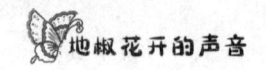

"你师傅打了一辈子光棍,眼睛又看不见,无儿无女,好可怜,不管走到哪里都有人照顾他。正是花豹沟的人就近把他埋在了白草台边上,转眼二十多年过去了。"

马三友伤心地回想,那次他有病没随师傅一同去。得知消息后赶去,只见了那个坟堆。

"有件事还记得不?"老婆婆问老汉,"当年后山王圈梁王景德有个女儿叫扣子,才十六岁。晚上跟着村里人来这儿听书,黑灯瞎火不小心一脚踩空,栽进深沟里,结果摔断了腰椎,瘫在炕上好多年,最后死了。可惜那么俊的女娃就那么没了。"

"咋不记得,那女娃爱唱爱跳爱热闹,为听书把命都给送了。"

又一阵沉默。

马三友忽觉得心口堵得慌,有种被土压着的窒息感,不由得用手在胸前抚了一下。

"我这就去见我师傅了,说不定他早等着我呢。"

告别两位老人后,马三友背上三弦继续向白草台进发。

太阳悬在头顶上,红彤彤的。蓝天碧空下,风肆意地在空中流动,感觉冷飕飕的。远处的山顶泛着铅灰色,似有云雾笼罩。马三友飞快地走着,走出山沟,来到一个漫长的土坡上。这时他感觉有些困乏,将三弦从背上取下抱在怀里。不知咋的,一阵犯迷糊,索性坐在一个土坎子上闭着眼想小睡一会儿。

"贺书匠!是你吗?" 突然有个女人的声音在身后响起。

马三友扭头一看，只见身后不远处竟站着个年轻女子，穿着红袄绿裤子，脸色粉白粉白的，头上拢着花围巾，耳朵旁边还别着一朵黄花，正望着他盈盈地笑。

马三友使劲儿揉揉眼睛，又一看啥也没有。奇怪，适才听了老人讲的故事，脑子里出现了幻觉不成？

"贺书匠，你咋不给我说段书呢？人家等你很多年了。你不认得我吗？我是扣子呀，最爱听你说的书了。"

马三友不禁打了个激灵："你认错人了，我不是贺书匠。"

"就是你！我一眼就认出这把三弦了，你给我说段书吧。"扣子几乎哀求着说。

马三友抱着三弦起身就跑，只觉得那女人在身后紧紧追着。他两脚生风，狂奔了一阵停下向后看，终于将那女人甩掉了。才想喘口气，不想那女子又来到他身旁，一双怨恨的眼睛瞅着他。

"这可咋办？"他嘴里咕哝着，突然感觉脚下软绵绵的，低头一看，一脚踩在了一个深不见底的山水洞边。他想闪过去，可来不及了，感觉整个身子已悬空向那黑洞坠了下去，眼前一黑，便失去了知觉。

不知过了多久，马三友醒了过来，睁开眼睛竟发现靠在土坎子上睡着了，怀里抱着三弦。

奇怪，难道刚才的事是梦里出现的？来不及细想，马三友连忙从地上爬起来继续赶路。赶到白草台时，太阳快落山了。

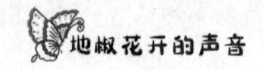

白草台在一座山上,山丘中间有一块不大的平台。台子上野草丛生,密密麻麻长满了白草。白草是一种续根植物,冬季干死,到了来年的春天,根部抽出的绿芽儿又蓬勃地生长起来。故花豹沟的人就把这块地叫白草台。这个多年来几乎被人遗忘的荒凉地方,基本没人涉足。眼下密密匝匝的白草全干枯了,犹如一块柔软的羊毛地毯覆盖在这块平台上。一阵清风吹过,白草发出窸窸窣窣的响声。马三友四下里看了看,开始寻找师傅的墓,他记得当年掩埋师傅时的大致方位。但眼前全被荒草掩盖,师傅的坟根本就找不见了。马三友左右寻找,确定了一个方位。在一块稍高一些的地面前,蹲下身子开始用手刨起来。埋师傅时他来迟了,但他在坟旁曾埋了一块青砖,并在砖头上刻上了师傅的名字,位置坐北朝南。经过努力寻找,终于找到了那块墓砖。擦掉砖上的泥土,师傅的名字依然清晰。

马三友跪下将它端端正正地立在坟头。又把三弦放在旁边,然后取出兜里的一沓冥币,用火柴点着烧起来,嘴里念叨着:"师傅,我来看您了,您老在地下过得好吗?"

火苗舔着冥币闪闪烁烁。这时,突然一阵风起,耳边传来师傅的声音:"是三友啊?你终于来了。这些年我等你等得好苦啊!"

"师傅!"马三友禁不住悲怆地呜咽了一声,"师傅啊!您老一人躺在这儿太寂寞了。弟子不孝,多年没来看您了,对不起啊!是我辜负了您对我的期望,弟子心里惭愧啊!"

"唉！"风送来了师傅的一声叹息。

"师傅，"马三友絮絮叨叨对师傅说起来，"咱说书人真是不容易啊，我是想把您老这门手艺传下去，可这条路咋就越走越窄呢？前几年断断续续还能够维持生活，可眼下越来越不行了，连吃饭都成问题了。想改行做生意吧，一没本事，二没本钱，不知以后该咋办，请师傅明示。"马三友说着不禁唏嘘起来。

"说书这营生啊！"他被泪淹了嗓子，"农村人大多离开了土地，到城里打工或谋取生路。土地撂荒了，村庄也荒废了，只剩些老弱病残。无论是农村还是城市，电视、电脑等占据了人们的全部生活，谁还再听咱说书呢？弟子真是不甘心啊！"

师傅静静地听着他说话。

"弟子这次来找您，是想把这把三弦送还给您。把它埋在您身旁，我也就有个交代了。让它永远陪伴着您吧，有了它，您在地下就不会孤单了。"

恍惚间，耳边传来了师傅的声音："三友啊，这把三弦可不同寻常，是一件宝物，不能就这么把它葬了。它是祖师爷传下来的，几代说书人的心血都倾注在这把三弦上，它是具有灵性的。以前我没告诉过你，那根长长的琴杆是空的，里面注满了银子。据说很早以前是皇帝赐的。一代一代的说书人拿着它为生存弹奏，无论生活有多么困难，都没有把它卖掉。你要好好珍惜它，就是将来饿死也不能卖啊！万一不行，可以把它送

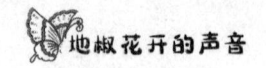

到博物馆去,至少让人们还能看见它或摸到它。"师傅悲伤的声音里透着无奈。

"既然这东西是件宝物,我咋能丢了它呢?您老人家要不收,我就把它供起来或按您说的办,也算是给咱后人留个念想。要不再过多少年,没人知道说书人是咋回事了。"

师傅似乎又叹息了一声,那声叹息久久地萦绕在马三友的耳边。

此时,残阳如血,夕阳的余晖染红了整个白草台。那枯草在余晖的映照下泛着光。马三友坐在师傅的坟旁,拿起了那把三弦。三弦被夕阳映衬着,通体闪着红光。他像抚摸婴儿般摸着,无比珍惜地将三弦抱在怀里。他要为师傅弹奏最后一曲。紧了紧那三根弦,将音调准,他端坐在草丛中,开始弹奏起来。

一阵急促而沉重的曲调犹如一股劲风打着旋儿上下翻滚,在白草台的上空穿行,最后跌落在师傅的坟堆上。马三友知道,师傅在倾听着他的弹奏。他知道,说书这门艺术,曾经让无数人为之痴迷和陶醉,现在却离开了人们的视线,犹如一股曾欢跃奔腾的泉水,终于流完了,淌干了,枯竭了。

马三友的喉咙里涌上一大股悲哀,两颗豆大的泪珠从他的眼角滚落下来,跌落在三弦上。沉重急促的曲调渐渐变得委婉而忧伤,如泣如诉。马三友看见师傅站在他面前,那张饱经沧桑、双目失明的脸上透露着慈祥和温暖。那些已经一去不复返的日子,在朦胧的视线里渐渐清晰起来。

白草台

不知从何时起，寂静的白草台上空竟有一群麻雀在盘旋，哗地飞过来，哗地又飞过去，最后落在坟旁的草坡上，黑压压的一大片。

麻雀们一动不动，在静静地倾听着马三友的演奏。

马三友不停地弹着、弹着，只见他喉结上下滚动了一下，双目圆睁，突然悲怆地尖着嗓门大声吼唱道：

> 手弹三弦腿打板，听我说段书匠难；
> 书匠难啊书匠难，书匠难处说不完；
> 一腿绑个竹甩板，一腿搁把大三弦；
> 右手弹弦左手按，浑身上下不适闲；
> 嘴唇磨成薄片片，舌头说成细尖尖；
> 就装生，就装旦，就装婆姨就装汉；
> 鸡叫狗咬一人担，百般武艺全耍遍；
> ……

薄 雪

  从山圪上搂回来一背篓干草和羊粪蛋蛋,缠香进了窑。她舍不得一下都烧了,留一半儿倒在灶火圪垯,剩一半儿填进炕洞,然后划了根火柴点着。干草易燃,羊粪慢慢煨着了。一缕淡淡的白烟从炕洞口钻出来,蛇一样缭绕在窑顶上空,很快被冷空气吞没。

  山里的窑洞又高又深,靠窗是一盘大土炕,炕后是锅台灶火,后窑掌放着一排坛坛罐罐——装粮食或腌菜用,这是山里人的家。按说窑洞住着冬暖夏凉,但冬天如果没有烧的东西,窑洞一样冷冰冰的,没一点儿暖和气。

  缠香搓搓冻得发麻的手,叹了口气,用一块砖头堵住炕洞口,让羊粪慢慢煨着。如果不堵住口子,用不了多久,仅有的一点儿热气也会被烟囱吸走。

  婆婆在炕上咳嗽,她喉咙里似乎有很多痰咳不出来,呼噜呼噜直响,就像老猫打呼噜。婆婆喘着气喊缠香:"娃!娃!"

婆婆从来不叫缠香的名字，就叫她娃。也许婆婆不把她当媳妇，就把她当成自己的娃。缠香走过去，婆婆手指指旁边的尿盆子，她要尿尿。缠香把尿盆子放在婆婆身子底下，婆婆抬起屁股接了尿。一股浓浓的尿臊味钻进缠香的鼻子里。婆婆患气管炎、肺气肿多年，夏天还可以，冬天就不行，一接触冷空气就咳嗽得喘不上气来，嘴唇憋得青紫。缠香就不让婆婆出门了，把尿盆子放旁边，屎尿在家里解决。一次婆婆嫌便在家里太难闻，就自己挣扎着出去，要不是缠香及时发现，那口气就憋了过去。

倒了尿盆子，缠香趴下看了眼鸡窝里有没有鸡蛋，天冷鸡也不下蛋了。那六七只鸡婆正忙着在院里寻吃的，把缠香晒下的一小堆干牛粪全用爪子摊拨开来。她拿起扫帚将它们撵出院子，让它们到硷畔上寻吃的。缠香寻思着，婆婆吃的鸡蛋也快完了，鸡再不下蛋，就得到很远的集镇上给婆婆买些。婆婆每天早晨要吃两个荷包蛋，清凌凌的白水里卧两个雪白的荷包蛋，看着很诱人。

缠香在旁边那孔破窑里抱了些荞麦秸秆进了窑洞，得赶快把鸡蛋给婆婆做着吃了，她不敢怠慢，还要到沟底担水去。男人如果在，担水的事就不用缠香操心了，男人会担着两只大铁桶，从沟里把水担回来。但男人出去打工了，家里所有的事都撂给了缠香。包产到户后，虽然吃饱了肚子，但没钱花，手头紧。买化肥，给婆婆买蛋买肉，油盐酱醋一切花销，没钱不行。男人出去挣钱，估摸着家里没钱了，就寄回来。缠香知道男人

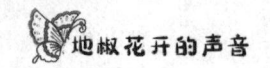

在外面挣钱不容易,她在家过日子很是节省。除了给家里和婆婆必要的花销外,她舍不得给自己买一点儿东西。几年来,几乎没有添过一件衣服。堂叔家弟媳妇大霞看不惯她这样,说缠香太老实、太傻,就知道像牛一样下苦。把男人放在外面,守着个半死的老婆婆,端屎倒尿地伺候。年纪轻轻的还不撵男人去?还说缠香太放心自己男人,谁知道他在外面干些啥。现在外面的花花世界热闹着呢,一旦男人有了二心,就啥都晚了!

缠香觉得大霞越说越离谱了,怎么可能?自家男人是个什么人,她知道,她相信自家男人不会干那出格的事。再说,老娘有病,富生又不是不知道。缠香也想跟着自家男人去城里,两口子守在一起,再苦再累心里也是甜的。而且,两个人一直分开,到现在连个娃也没有,缠香也发愁。但是自己一走,婆婆咋办?

大霞就给缠香出主意说:"让你婆婆到你大姑姐家去住。都是老娘生的,你大姑姐也该养养老人,伺候伺候。住上个一年半载,你也好轻松轻松,跟你男人出去见见世面。"缠香一听,想这倒是个办法。婆婆的闺女住在尖山村左边的那个村子,和尖山村是邻村,离她们不远。缠香站在她家硷畔上,还能看见那个村的炊烟呢。

但去年发生的一件事,缠香知道了婆婆是不愿去大姑姐家的。

去年秋天,在城里打工的邻居喜鹊家男人马栓给缠香捎回来话,让她进城一趟,说富生患感冒一直不好,一个人躺在工棚很长时间了，没人照看。缠香听后心急如焚，就想着马上到城里看富生。可她走了，婆婆咋办？喜鹊说："先送你大姑姐家吧。"一句话提醒了缠香，没有别的办法，只能这样了。本来想让大姑姐过来照看几天，但大姑姐有孙子走不开。她捎话让大姑姐来一趟，可等了两天也不见来。缠香急得不行，就跑过去了。大姑姐怀里抱着孙子为难地说："我要过去了，孙子没人看。你姐夫的脾气你也知道，说有个孙子把屎把尿也够了，还要再添个不能动的老人。"缠香说："你兄弟在城里病了，不知死活。我急得几夜没合眼，你就照看几天，我回来就过来接。"她可怜巴巴地望着大姑姐。大姑姐耷拉着眼皮说："那你送来吧，没人过去接。"缠香点点头急急走了。

婆婆听说要把她送到女儿家去，就不情愿了。一早起来就在炕上抹眼泪，缠香做的荷包蛋端到面前也不吃。婆婆知道女婿脾气不好，自己行动又不便，过去了女婿肯定嫌弃，会给她脸子看。婆婆说："娃，你去看富生吧，别管我。我是个快要死的人了，活着没有一点儿用。我哪里也不去，就在自己家。"缠香说："妈，你气管炎这么严重，跟前没个人不行，万一气憋过去了咋办？""憋过去就好了，不用再拖累你，人迟早是要死的。""你去我姐家住几天，我回来就过去接你。"婆婆摇着头，脸上的泪水在闪光。头上的包巾滑落下来，白花花的头发十分刺眼地晃动着。缠香瞅着婆婆像雪一样白的头发，心里也一阵难过。怎么办？缠香觉得不能再顾及婆婆的想法了。

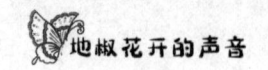

她给婆婆穿好衣服，背起婆婆就走。婆婆却手抓住门框死活不松开："娃，娃，我不去，我就死在这窑里了，妈求你了！"婆婆眼里闪着凄凉绝望的光，好像缠香要彻底抛弃她，不要她了似的。缠香一下心软了。背上的婆婆轻飘飘的，没有一点儿分量。缠香感觉婆婆犹如一盏快要耗尽的油灯，活在世上的日子恐怕也不久了。缠香觉得自己的行为太残忍。婆婆的衣服上散发着一股难闻的味道，该给婆婆换洗衣服了。她这几天由于满脑子想的都是富生，竟把婆婆给疏忽了，她心里很自责。罢了，缠香改变了主意，婆婆不想去大姑姐家就算了。本来她心里也想让婆婆在大姑姐家住上一段时间，她也能轻松轻松，去城里看富生，这样心里也踏实。现在这样，也只能让邻居喜鹊过来招呼一下，凑合两天。缠香说："妈，你松手，不想去算了，不送你了。"缠香把婆婆重新放回炕上，给婆婆换了干净衣服，随后把脏衣服洗了。

那夜，月光很亮，洒在窗上亮晶晶的。缠香借着月光整理好两件给富生拿的衣服，又把给富生做的一双新布鞋装上。望着窗上的月光，缠香的心一下子就飞到了男人身边。不知男人咋样了，想着就要见了，缠香心里很高兴。第二天，就在缠香安抚好家里准备动身时，喜鹊来家里说她男人又捎来话说不要去了，让她在家照顾好老人，富生好着呢。缠香没能去城里，心里多少有些失落。但她想，只要富生好了，健健康康的，她就放心了。

伺候婆婆，缠香觉得这不算什么难事。谁家没有老人？人

薄 雪

人到时都会老。最难的是缺柴少水。男人不在家，这两件事最难办。尤其是烧的，住在秃山顶上，一棵树也不长，哪里有柴？只有每年收了庄稼的秸秆和牛羊驴粪，能烧的都拿来烧了。没水吃还可以靠老天爷，院外坡底下有一口水窖，夏天收雨水，冬天收雪水，家家户户都这样。但遇到老天爷不下雨，那是一点儿办法也没有，只能到沟底人工挑或用牲口驮。她家没有大牲口，只能人挑。沟底下有一股细小的泉水，距村子有好几里路，人挑一上午也就能挑一担，费时费工又费力，所以水也金贵着呢。平时用完的洗脸水洗手水缠香都舍不得倒掉，全用一个盆盛着，洗刷婆婆的脏衣服。婆婆的衣服几天就得洗一次，要不就有味道了。大霞是个见过世面的人，她跟着男人外出打工很长时间，她说城里人用自来水，自来水管就安在院子里，用手一拧，想要多少水就有多少水。那水清凌凌甜丝丝的，特干净。哪像咱这窖里的水，又浑又黄，上面还漂着羊粪蛋子，喝着一股土腥味。缠香听了大霞的话，羡慕得不行，就想要是这山里也有自来水就好了。这么说富生在城里打工也能喝上自来水，想到这儿，缠香心里又满足了。

晚上睡不着的时候，缠香就遗憾父亲没让自己继续读书。她娘家也在山里，父亲和母亲一共生了她们六个丫头片子，没能生下儿子。父亲的脾气变得越来越暴躁，稍不如意就谩骂母亲和她们姐妹。她们常常是一边干活儿，一边听父亲谩骂。母亲之所以能长期忍受父亲的坏脾气，总觉得是因为自己肚子不

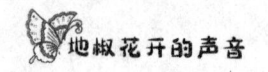

争气,才没能生下儿子。缠香初中毕业后,顺利考上了高中,高中要到县城去念。可父亲说,读那么多书有啥用?女孩子将来终究是人家的人,别读了。缠香知道父亲不想出钱供她了。父亲唯一的希望就是她们姐妹六人快快长大,然后把她们全部嫁出去。只要彩礼给得可观,嫁一个算一个。父亲打的小算盘是,自己没有儿子,老了谁养活?只有攒点儿钱心里才踏实。缠香虽然心里怨恨父亲,但是她想到她们姐妹个个都嫁了,父亲和母亲老了跟前连个端水的人也没有,也就不怨父亲了。

缠香只能怨自己命不好,当初富生来看缠香的时候,父亲其实并不满意。父亲知道那个地方叫尖山,住在光秃秃的山顶上,不长一棵树。村子和外面连着的只有一条羊肠小道,架子车都过不去。所有能种的地都在斜坡上,几乎没有一块平地。山大沟深,十年九旱,没柴没水,靠老天爷吃饭,日子过得很苦。但富生拿出的那两千块彩礼钱让父亲动了心,父亲就这样把她给卖了。缠香虽然心里委屈,但也不能违背父亲。她没有大姐命好,大姐嫁的那个男人在滩区,村子土地肥沃,还有一条小河流过,和尖山村有着天壤之别。缠香去过一次大姐家,都羡慕死了。

不过富生看缠香老实本分,是个过日子的女人,模样也俊,心里还是很疼缠香的。在家时,脏活儿累活儿总是不让缠香干,自己都抢着干了。自从外出打工后,富生也是春天帮缠香把地种上,让缠香自己去除草料理,到收割时赶回来帮忙,等忙完

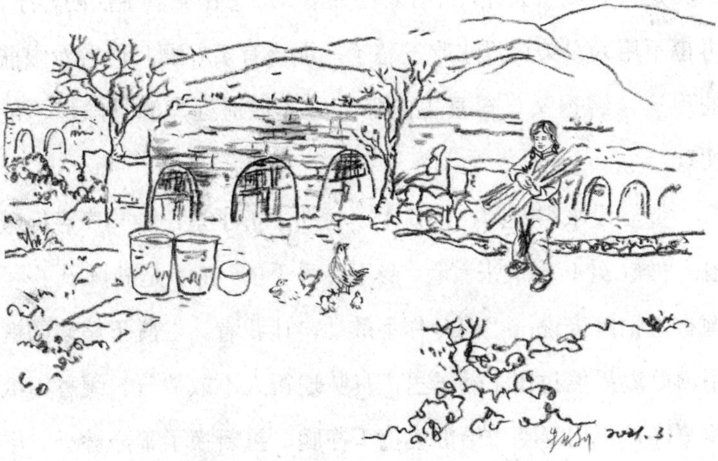
2021.3.

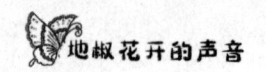

又出去了，直到寒冬腊月过年才回来。村里的年轻男人都是这样。有两户人家的男人在外边挣下了钱，干脆把家搬进城里，租房住，两口子都打工。有孩子的就把孩子送进城里的学校，女人给孩子做饭，男人打工。当然这要男人有本事，才能在城里立住脚。凡是走出去的男人，在外面见了世面，都不想回尖山村了。富生也曾给缠香许诺说，等以后挣了钱，他也要把老娘和她接到城里去住。缠香就向往着，幻想在城里生活的样子，再也不用为没柴烧没水吃发愁了，那该有多好啊！但看看眼前的现实，缠香又觉得富生的那个愿望很遥远，缠香知道不能实现。

　　婆婆没来得及蹲在便盆上，拉在了裤子里，她一声声地喊着："娃，娃！你快来看看，身下热乎乎的，是不是糊裤子了。"缠香急忙过来说："妈，你不敢动，让我看。"脱下婆婆的裤子，婆婆果然拉在了裤子里，臭味逼得人不敢喘气。缠香用纸擦干净，再用湿毛巾给婆婆擦干净腿，重新换了干净裤子。屎裤子要用外面的土抹干净，再用水洗，这样看着不那么恶心，还能节省点儿水。每一次挑水缠香都累得浑身像散了架。有时她真想让那些臭烘烘的脏衣服就那样堆着，不理它们，但她又有些不忍心那样做。她心想，要是能下一场雪就好了。缠香心里盼着下雪，盼了很长时间。缠香想下了雪，收了雪水，就不用去沟底挑水了。终于，老天爷遂了缠香的愿，没过几天山里降了一场罕见的大雪，缠香早晨推开门一看，高兴得几乎要跳

薄 雪

起来。雪是在夜里悄悄下的,而且还很厚,这下能往水窖收雪了。缠香在外面兴奋地忙碌着,雪厚,扫帚扫不动,就用木锨铲。缠香把院子里、硷畔上、坡下的雪全铲一块堆起来,拍瓷实,每一堆雪中间挖一个眼儿。这样等雪冻成冰坨,从地下铲起,用一根粗绳子穿进眼儿里,将这个冰坨子拉到水窖旁,用铁锨铲成几块掀进水窖里。一进窖里,窖里的温度比地面高,用不了几天冰坨子就融化成水了,这样省工又省力。

喜鹊来问她借木锨,神秘地对她说:"有新鲜事呢,知道不?""啥新鲜事?"喜鹊凑到缠香耳旁低声说:"二喜婆姨小桃怀孕了。""这有啥稀罕的!""你知道她男人是啥时走的?"喜鹊瞪着眼看着缠香,"他男人半年前就打工走了,一直没回来,孩子从哪里来的?""你咋知道?""前两天我去沟里挑水,见小桃挑着两大铁桶水拼命走着,也不歇,汗珠子像雨点一样。走不了多久,就放下水桶呕吐一阵,眼泪鼻涕糊一脸。""那也不一定是怀孕,说不定是着凉了。""喊,那种事逃不过我的眼睛。""是谁作的孽?""还能有谁。"喜鹊撇撇嘴。"这可咋办,他男人回来咋交代?""谁知道,等着看好戏吧!""你不敢向外乱说了。""我知道。"喜鹊扛着木锨走了。缠香望着远处的皑皑白雪发了很长时间呆,她感到彻骨的冷。

缠香在院子里放着两个大黑缸、两个大黑瓷盆,为的是多收些雨水或雪水,现在都盛着满满的雪。雪消融后,缠香就用

49

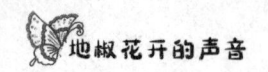

雪水给婆婆洗屎裤子。她死劲儿揉搓着，洗了几遍，可那股子臭味总是洗不掉。雪融化后的水冰冷刺骨，缠香的双手都失去了知觉，手指惨白，没有一丝血色。缠香舍不得热水，没有烧的东西，节省下来还要给婆婆做吃的用呢。

　　窑里冷，婆婆不停地咳嗽。缠香知道这场雪下得又带来了新麻烦，水不用挑了，可烧的东西又成了问题。外面的一切都被雪压了，粪也拾不成，庄稼秸秆所剩无几。再说庄稼秸秆又不耐烧，没有火力，燃起来火苗看着很大，但很快就熄灭了。缠香看着燃起来的火苗在几分钟内熄了，就幻想着能有几块炭就好了，可以燃很长时间呢。但这大山里就是有钱买炭也拉不回来，交通不便，架子车到不了尖山村。看着那细瘦的羊肠小道，缠香不明白，老祖宗怎么把家安在这么个鸟不拉屎的地方？去年腊月二十五，富生打工回来了，身后背着个蛇皮袋子。袋子里不知装些啥，看上去鼓鼓囊囊的，把富生压得大冬天背上的汗浸透了棉袄。村里人都不知富生背回了什么宝贝，都稀罕地撵到家里来看。富生将他们统统撵出去，不让他们看，一脸的神秘。缠香也兴奋好奇地看着富生，究竟是什么东西？当富生慢腾腾地解开裹了两层的蛇皮袋子，原来他背回来了几块炭。看着乌黑发亮的炭，缠香眼里顿时涌出了泪水。她心疼地说："你傻吗？一百多里路，背回来几块炭！这煤疙瘩多沉啊！"富生咧嘴一笑说："你不是想有炭烧吗？"缠香每次想起这件事，都会偷偷地笑起来，心里暖暖的。富生是疼她的。

薄　雪

　　一场大雪使这户人家陷入了困境。没有烧的，缠香想她年轻可以抵抗寒冷，婆婆却不行。眼看着婆婆混浊的眼睛睁得像牛眼似的，那眼球似乎都要蹦出眼眶。婆婆一口一口在那里费力喘气，缠香心里很难受。家里所有的庄稼秸秆和平时攒下的牲畜粪所剩无几，再也没有什么可烧的了。前几天喜鹊给了她一背篓羊粪，喜鹊家也缺烧的，不好意思再向人家要了。

　　缠香想到了村里羊圈里的羊粪。自包产到户后，本来队里集体的羊也应分到各家各户去，但没有分，村主任不分。村委会没有钱，村主任说还要靠这群羊每年卖羊绒的收入供村委会的日常开支呢。原来老村主任活着时，村里人没烧的，村上规定各家轮着在村里的羊圈里扫羊粪。今天你扫，明天他扫，很公平。这样轮了很多年，相安无事。老村主任患病去世后，新村主任就打破了原来的规定，不让轮着扫了。说没有烧的困难户给适当解决，有烧的就不给了，攒下羊粪村委会要种地用。也就是说，村主任让谁扫谁才能扫。

　　村里的羊圈围墙很高，村主任怕人偷羊粪，专门给羊圈焊了个铁栏杆大门。羊在不在圈里都会锁着大门，谁也进不去，别说偷羊粪了。要是没有下雪，缠香也不至于这么窘迫，山坡沟坬总能搂些杂草和牲畜粪便。可现在地上铺着厚厚的雪，天冷一时消不了，到哪里去找烧的呢？缠香来到村里的羊圈旁，见大铁门上挂着锁，放羊的把羊赶出去了。这么大的雪，羊出去吃什么呢？缠香透过铁栏杆向里望去，见羊棚底下羊粪堆得

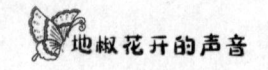

很厚。棚子外面的羊粪被雪压了，羊踩踏后羊粪和雪搅混起来。一股浓浓的粪味扑鼻而来。不知为什么，缠香闻着这熟悉的羊粪味，竟然一点儿也不觉得臭，反而有种特别亲切的感觉在心里蔓延。那些和雪搅混在一起的羊粪，就像一颗颗黑珍珠掺进白面粉里，那么耀眼、好看。她真想进到羊棚里揽上一背篓干羊粪，回家把炕烧得热热的，这样婆婆就不会受罪了。

缠香在羊圈外面呆站了很久。她犹豫着，最后决定去找村主任。她估摸着这个时间村主任在家，他老婆肯定也在。缠香不明白，村主任婆姨是个有名的醋坛子，平时盯村主任盯得很紧，但村主任还是想干什么就干。村主任正坐在桌前一个人玩扑克牌算命，面前放着一盘炒花生米。看见缠香，他有些惊讶。村主任窑里暖烘烘的，一股煨羊粪的味道。村主任婆姨正在做饭，看见缠香，只淡淡地招呼了她一声，就低头做自己的事，也不招呼缠香坐。村主任冷冷地问："你来做什么？"缠香说："我婆婆气管炎犯了，家里太冷，没烧的，求主任同意在村里的羊圈揽点儿羊粪。""嘿嘿，你也求我？平时帮你你都不要，这次需要了？"村主任回头瞥了老婆一眼。他老婆狠狠地瞪了村主任一眼，同时也瞪了缠香一眼。村主任婆姨虽然在那里做着饭，但一刻也没有放松对村主任的监视。村主任对着缠香意味深长地笑了一下，然后一本正经地说："早就给你说嘛，男人不在家，女人要有个依靠。想要羊粪，等村里研究一下，给你回话。"缠香转身出了门，她知道村主任在找借口，揽羊粪这点儿屁事，还用研究？

　　大雪地里，二奶奶穿着那件破旧的黑布棉袄赤着脚追着她们姐妹要糖吃。她们哪里有糖，为了逗二奶奶，就把雪捏成一个小圆球用纸包成糖球样，递在二奶奶伸到她们面前的那又黑又脏的手里。二奶奶急切地剥开纸，一口把雪球吃进嘴里。她们个个笑得前仰后合，手指着二奶奶喊道："傻灰婆！傻灰婆！"二奶奶憨憨地对着她们笑。缠香突然笑醒来，原来做了个梦，梦里回到了童年。

　　缠香裹紧被子，再无睡意。冬天的夜太漫长了，由于窑里寒冷，更加难熬。她想起白天找村主任的事。本来不能找村主任，缠香知道，但没有别的法子。如果自己也被村主任欺负了，像小桃那样怀了孕咋办？缠香越想脸越烧，心也扑通扑通乱跳起来。她捏了一把自己发烧的脸，悄悄骂自己，你胡想些啥？这么不害臊！也许富生离开太久，她想富生了。她告诫自己，千万不能出事，要不怎么对得起富生。

　　想起富生，缠香眼泪就流了出来。他现在在什么地方睡呢？是睡在寒冷的工棚里，还是在廉价的出租房里？吃得饱不饱？缠香想着一阵心酸，富生在外面为了挣几个钱，多不容易。她在家也受罪，要不是婆婆，她一定撵着富生去了，两个人在一起再苦再累，心也是踏实的。她心里这么酸一阵苦一阵，说不清是什么滋味。

　　突然，缠香感觉身边的婆婆怎么连一点儿声响都没有。平

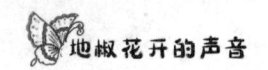

时婆婆睡觉不是有很重的呼噜声，就是有吃力的喘气声。她慌忙爬起来，手放在婆婆鼻子底下，感觉到了婆婆的呼吸，才松了口气。黑暗中，缠香把压在婆婆身上的老羊皮袄往上拽了拽。

睡不着，缠香的思绪又回到了童年。

她和二姐缠定在山坡上放羊，二奶奶像尾巴似的跟在后面。

"缠香，给我吃个糖。"二奶奶手伸得长长的，问她要糖吃。她装模作样地在兜里掏着，可掏了半天也没有，便在二奶奶面前展开空空的两只手。二奶奶失望的表情令她不忍。二奶奶年轻时生过几个孩子，都夭折了，一个也没留住。最后在四十二岁那年又生下个儿子，不知怎么疼才好。夫妻俩生怕孩子再有个什么闪失，但那孩子在五岁那年还是没有留住，患急性脑膜炎去了。二奶奶也因此落下了病根，精神不正常了。整天疯疯癫癫，只知道把破衣服或枕头填进衣服里，把肚子隆得高高的，逢人便说她又怀孕了。还有就是不论看见谁家的孩子，二奶奶都会尾随在人家屁股后面。她和二姐出去放羊时，二奶奶就经常跟着，眼瞅着她俩蹦蹦跳跳的样子，二奶奶的脸上就会浮起非常安静慈爱的笑容。二奶奶自从变成这个样子后，就有了一个嗜好，爱吃糖，只要看见大人或小孩，不管认识不认识，她都会把手伸到人家面前要糖吃。只要一说"糖"字，她口里的涎水就会不自觉地从嘴角流出，收也收不住，那神情就像一个孩子。"你有糖吗？给我吃个糖。"缠香始终搞不清楚二奶奶为什么那么爱吃糖。听说二爷爷曾经找过算命先生，说二奶奶命里克夫，一辈子无子嗣，所以二爷爷就把一切不如意都归罪于二奶奶，从不关心她，不是打就是骂。二爷爷曾经有过不要二奶奶的想法，要和二奶奶离婚。但那时他们都四十多岁了，二爷爷家穷，不可能再娶个媳妇。二奶奶问别人要糖吃，特别是在陌生人面前要，二爷爷觉得很丢脸，经常打二奶奶。一次缠香亲眼看见二爷爷抓着二奶奶的一只脚，倒拖在地下往回拉，一边狠狠地说："我拖死你，让你再要糖吃！"二奶奶最终还是奔着甜蜜的世界去了。一次她在堉畔上走着，堉畔边长着一棵杏树，树上结着青杏。她突然兴高采烈地喊叫起来，说那杏树上挂满了糖果，便不顾一切地扑过去摘，结果从堉畔上摔了下去，再没能醒来。

那以后缠香经常梦见二奶奶追着她要糖果吃，有时眼睛一闭，就看见二奶奶可怜兮兮的模样和伸到她面前的那又黑又脏的手，以及嘴里流得长长的一直挂到胸前的涎水。

缠香迷迷糊糊睡着了，又被婆婆的咳嗽声吵醒。她觉得自己困得不行，眼皮都睁不开。旁边的婆婆一声声咳着，缠香揉揉眼睛，慢慢清醒过来。瞅见婆婆咳到换不过气，缠香急忙爬起扳过婆婆让她仰躺着，用手在她胸前使劲儿捋，捋了好一会儿，婆婆的气才顺了些，乌黑的嘴唇渐渐有了血色。"娃，你说我咋不死呢？"婆婆一口口喘着气。"妈，你胡说啥呢！""我要是死了，也就不会拖累娃了。""妈，你好好活着，有我呢。"

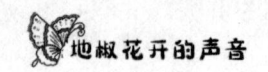

缠香安慰着婆婆,她给婆婆盖好被子。"没有烧的,这窑里冷,我气憋得上不来。""妈,没烧的,我会想法子的。"

早晨,缠香从旁边那孔破窑里搂了些不多的荞麦秸秆,抱进窑填进炕洞里燃着,赶紧堵住炕洞眼。她记起村口有一小堆自己拾下的牛粪,被雪压得也找不着了。她拿起木锨,背起背篓,想到村口再寻一寻。来到坡下,见小桃背着一背篓羊粪从坡底上来。她瞅了眼小桃没说话。小桃的脸色难看极了,煞白煞白的,没有一丝血色。缠香知道小桃的羊粪是从村里的羊圈里揽的。小桃看见她,有些不自然,讪讪地问她去哪里。缠香胡乱应了句,急忙离开了小桃。缠香在村口的雪地里寻了半天,也没找到那堆牛粪。白皑皑的雪刺得人眼睛都睁不开,牛粪说不定早被村里哪个没柴烧的人揽走了。缠香泄气地用木锨将地上的雪铲起扬出去,只要是高一点儿的地方她都铲一下,看下面是不是牛粪。雪在空中飘洒开来飞舞着,被风一旋返回来全落在了她身上。缠香像跟谁赌气似的不停地铲着雪,结果她很快变成了一个雪人。

缠香拍掉身上的雪,她眼前又出现小桃弯着腰背着满满一背篓羊粪往回走的情景。她心里苦笑着。小桃有两个娃,孩子小,拖累得庄稼都务弄不过来,更没攒下什么烧的。男人是个浪荡货,说是出去打工,一走就不见回来,就是回来了钱也没挣多少,都被他浪掉了。小桃不向村主任妥协咋能活下去?

婆婆的脚和腿都肿了,看着像气吹起来似的。嘴唇青紫,

薄　雪

脸也肿了，用手指一按一个深坑，半天弹不起来。缠香想捎话让富生回来，但这大雪封了山，消息也不通了。家里太冷，这样下去不行，还得去找村主任。缠香急火火出了门，刚出院子，就见村主任远远地向她家走来。

　　缠香忙转身回到家。村主任进了门，在窑里来回转了转，看了看，说："窑里真是冷，婶子咋样了？"他走到炕边看婆婆，见婆婆被一堆被褥围盖着，只露出那张肿胀蜡黄的脸，双目紧闭，像是睡着了。村主任瞅着缠香说："我是来给你通知的，村里同意给你解决烧的。我已叫刘三洋给你揽了一背篓羊粪，现放在村委会，得你自己去村委会背回来。"缠香站在门边说："好啊，一会儿我过去背。谢谢主任了。""不用谢。"村主任又瞅了眼缠香说，"你赶快过去，我在村委会等你。要不我走了，门一锁，你就进不去了。"说着转身出了门。缠香望着村主任的背影，心里冷笑着：明知道我家没有男人，偏叫去村委会背。一背篓粪，要是真关心村民就背来了，这安的啥心还不明摆着！

　　狗官！缠香心里狠狠地骂了句，她真想往他脸上唾一口痰，啥东西！但缠香也只能在心里骂骂，她知道村主任是不能得罪的。得罪了以后麻烦事多着呢，上面有个什么优惠，他会处处克扣你，什么好事也轮不到你了。比如去年上面给了尖山村几袋优良荞麦种子，村主任就没给她家分。别人家用的新种子，产量就比她家高，原因缠香心里清楚。

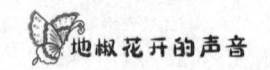

缠香用一个输过液的玻璃瓶装进热水，拧紧瓶盖让婆婆抱在怀里取暖。婆婆的手肿得几乎抱不住瓶子。缠香对婆婆说："妈，我去村委会背羊粪，一会儿就回来。"婆婆点点头。

缠香往村委会走，她心里一直想着昨夜做的那个梦。昨夜她做了个好梦，梦见她兜里装满了花花绿绿的糖棒。二奶奶问她要时，她从兜里抓了一把递给二奶奶。二奶奶高兴地嚷道："哦，终于有糖吃了！"二奶奶嘴里塞满了糖块，傻傻地对着缠香笑。缠香也吃了块糖，真甜，一直甜到心里。醒来时，缠香还觉得嘴里甜丝丝的。缠香一边走，一边仔细想着这个梦。她觉得这个梦是个好兆头，因为从来做梦都是二奶奶没糖吃，可怜兮兮的模样。梦里得不到的东西终于得到了，肯定是好事。

缠香这么想着，路过二喜家门前时，看见二喜的大女儿丫丫站在大门口尖厉地哭着，那个小的在窑里哭。她走过去握住丫丫冻得发红的小手说："妈妈呢？"孩子用手指指坡下。缠香看到了惊心的一幕，二喜婆姨小桃怀里抱着一块雪疙瘩坐在她家水窖口子上，两条腿垂在窖里。缠香从她身后过去一把抓住小桃的领子说："小桃，你干什么呢？"小桃两眼肿得像桃子，脸上没有一点儿血色。她失神地说："我没脸活了。"她怀里紧紧抱着个雪疙瘩不松手。缠香发现小桃棉袄扣子开着，冰冷的雪坨子就紧挨在她肚子上。靠着肚皮的雪被小桃的体温融化了，雪水流在裤子上，又硬邦邦结了冰。"你不要命了！"缠香将小桃拉到一旁，去夺她怀里的雪坨子。小桃紧紧抱着不

薄 雪

松手，缠香死命夺去雪坨子扔进水窖里。她转身背起小桃往家里跑。小桃在她背上拼命挣扎，突然一股鲜红的血从小桃裤腿流了下来，滴在了白皑皑的雪地上，异常刺目。

小桃遭的罪使缠香心里疼得发慌、发堵。缠香帮小桃安抚好两个娃，就向村委会走去。她走路的速度很快，很疯狂，两只脚似乎都不沾地皮，像一阵风似的刮过。

村主任正坐在村委会的土炕边，面前摆着一瓶老白干。村主任在喝酒，一边喝一边耐心地等着缠香。村主任看见缠香，抬起那张喝得通红的脸得意地说："我知道你准会来。"

"你想得对，我肯定会来的。"缠香站在地上，眼睛瞪着村主任说。此刻，她脑子里竟滋生出一个疯狂的念头——用个什么东西把村主任一下子给灭了。

"你看，满满一背篓羊粪就在那儿，我已给刘三洋安顿好了，你烧完了就问刘三洋要钥匙，自己到羊圈里去揽。"

"谢谢主任，那我就背回去了，婆婆还等着我烧炕呢。"

"不忙。"村主任喝了一盅酒，慢腾腾地说，"你先过来，陪我喝上三盅酒，喝了你就走，这点儿要求不过分吧？"

缠香从来也不喝酒，记得结婚时众人起哄非让她喝，她只喝了一盅，就觉得晕晕乎乎站不稳，被富生扶进了洞房。喝上三盅，那还不直接倒地遂了村主任的愿？缠香知道村主任的险恶用心，就说："主任，我不会喝酒。这样吧，我给主任敬上三盅酒。""行！"村主任欣然同意了。缠香走过去拿起桌上

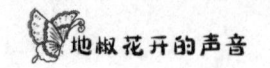

的酒盅倒了一盅，双手递给村主任，村主任接过痛快地一口喝了下去。缠香又倒了第二盅，这次村主任接酒时捏住了缠香的手用力一拉，缠香一个趔趄倒在了坐在炕边的村主任身上。村主任咧开嘴猥琐地笑着，缠香在他眼里就是一碟小菜。村主任攥紧缠香的胳膊，另一只手上来就摸缠香的脸。缠香感觉脑袋"嗡"的一下，血涌到了头上，她努力站直，狠劲儿一拽自己的胳膊。不想用力过猛，一下子把村主任从炕沿边拉得一个马趴式摔在了地上。缠香见村主任就像一只癞蛤蟆头杵在地上，两只手抓了抓地皮，不动了。

缠香对村主任说："主任，我走了。"她见村主任头动了两下，没有抬头看她，像睡着了。她急忙背起地上那一背篓羊粪，走出了村委会，她生怕村主任再撵出来。

走出村委会，缠香回头看了一眼，没见村主任出来，顿觉心头一阵轻松。下了土坡，路过村主任家门前时，见村主任婆姨正从水窖里打了水上来。看见她背了满满一背篓羊粪，村主任婆姨警惕地看了她一眼，随后向村委会的方向张望。突然，她扔下水担，恶狠狠地剜了眼缠香，火烧火燎地向村委会走去。缠香扭头看了一眼她的背影，暗暗撇了一下嘴。

缠香到家还没来得及烧炕，村主任婆姨就连号带哭撵到她家，上来一把揪住缠香胸前的衣服，眼睛瞪得跟牛眼似的喷着火："你把他怎么了？你这个贱货！到底对他做了什么？他死了你知道吗？他死了！是你害死了他，你是个杀人犯！"村主

薄 雪

任婆姨撕心裂肺地喊叫着，疯狂地摇晃着缠香。缠香整个人蒙了，感觉全身的血一下子全涌到了头上，脑袋嗡嗡作响。她怔怔地看着村主任婆姨，一句话也说不出来。

不可能！村主任只是被她一拉从炕上趴在了地下，怎么会死了呢？

村委会来人把缠香带走了，村主任婆姨报了案。在警察没赶来之前，村主任婆姨用一根绳子把缠香绑在村委会院子里一根拴牲口的木桩子上。村主任婆姨手指着缠香，跳着骂缠香，唾沫星子溅了缠香一脸，还扇了缠香几个耳光。她骂缠香是个狐狸精，勾引她男人不说，还害死了他。骂着骂着，村主任婆姨由于情绪太激动，身子向后一仰晕了过去。

这时，阴沉沉的天飘起了雪花，乡上派出所的人来到尖山村，简单询问了缠香事情的经过。最终以过失杀人罪，把缠香带走了。

走出村口时，缠香回头向她家望了一眼，在飘洒的雪花中，隐约看见她家硷畔上有个人影在晃动，那是婆婆爬出来拄着木棍摇摇晃晃站着。缠香流下了眼泪，拼尽全力喊了声："妈——"

天色越来越暗，雪花越飘越密，天地连成了一体。

61

如 花

1

昏睡中余倩做了个梦,梦见自己的身子轻飘飘落入一条隧道,隧道通体白色,那白是一种冰冷、肃静。一股淡淡的消毒水味儿混合着一丝腐朽死亡的味道弥漫在空气里。隧道里人很多,个个表情严肃向着一个方向匆匆而去。这些人头戴白帽,身穿白大褂,急匆匆没人停下,像去抢救病人,又像为逝者送行。奇怪的是,她迎向他们,没人理她。难道我是隐身人?她有些气恼,便大叫了声,可发出的声音竟又细又小,旁边的人根本听不到。人流裹挟着她身不由己而去。"不!我不去那里!"她叫着,奋力挣扎,双手死命抓住身旁好像柱子一样的木杆,身子却被人流冲撞得倾斜着飘浮了起来。

"醒醒,醒来了!"这时有人在推她。余倩睁开了眼,惊慌地问:"这是什么地方?""医院啊!"原来是护士。"做梦了?把胳膊伸直,握紧拳头。"护士在她胳膊上勒紧了橡皮管，用一根很粗的针管动作娴熟地抽走了一管子血。

余倩完全清醒了，一身的汗，犹如泡在水里，胳膊软得抬不起。恍惚间觉得自己才从台上演出下来，累得筋疲力尽，豆大的汗珠从额头滚落，把着妆的脸冲刷得一片狼藉，化妆师余小燕不得不一次又一次给她补妆。"你这是怎么搞的？"余小燕挑起又细又长的柳叶眉不悦地问道。"我咋知道？"余倩皱眉反问。"是不是你身体出了问题？""怎么会呢！"在台上演穆桂英挂帅的余倩虎虎生威，身体怎么可能出问题！

"余倩！""在！""你是余倩吗？""是我。"护士又来给她输液，一边不停地叫着她的名字，仿佛不能确定她是不是余倩。"我是你的护理护士，我叫徐君，双立人旁的徐，君子的君。以后有什么事可以直接找我。"徐护士说话的声音很轻，很细，很柔，犹如一股春风拂过余倩的心。余倩很想看看她的脸，声音这么好听的女人，一定很漂亮。但她的脸被一个大口罩给罩着，秀发也被护士帽遮得严严的，纤细的手指戴着一双薄乳胶手套，露在外面的只有一双灵动的眼睛和雪白纤细的脖颈。时值大暑，北京热得要命，动一动就一身汗。"口罩戴着不热吗？"余倩忍不住问。徐君轻轻一笑："肯定热了，工作要求这样。"

主治医生来了，余倩要起来，他摆摆手示意余倩躺着别动。不知为什么，余倩和主治医生的目光一接触，心就一阵乱跳。余倩不敢看他那双眼，那双眼使余倩一下子想到一个人，一个

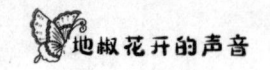

高中时期她心仪的男生，玻璃一样亮晶晶的眼，似乎能洞穿一切。主治医生姓张，三十多岁。张医生问了些在余倩看来与病没有关系的问题，可似乎又与她的病有关——父母健在吗？家族有没有遗传病史？结婚了吗？有没有男朋友？干什么工作的？工作累吗？张医生旁边还站着个穿白大褂的年轻男孩，那男孩看上去不到二十岁，像个实习医生，他长着一张白净的娃娃脸，他们都没戴口罩。那男孩低头不停地往小本子上记着什么。余倩竟有点儿嫉妒那男孩。张医生询问完，轻轻拍了下她的肩膀说："不要有负担，安心治疗。"余倩眼里一下涌满了泪，她窘迫地避开主治医生的目光，扭头看着旁边的输液管。

下午，闺密邱南南来了，手里提个饭盒。余倩不想见人，闺密也不想见，她感觉住进医院犹如进了监狱。其实医院和监狱没什么区别，都是令人痛苦和难熬的地方。她眼皮也没抬地说："别来了，孩子谁看呢？"南南说："有鲁江呢。我给你做了你最爱吃的东西，你猜是什么？"南南打开饭盒，递到余倩面前。原来是大米瘦肉粥，里面还有胡萝卜丁，正冒着热气，香味扑鼻。"我不想吃，口苦。"余倩一点儿食欲也没有。

"多少吃点儿吧。"南南把饭盒搁在桌上，转身坐在床边拉住余倩的一只手，仔细观察她的脸。余倩倏地抽出手，瞪着眼对南南说："别动！""怎么了？""这是传染科，你不知道？你正奶着孩子，传染了咋办？"南南一听缩回了手，有些不知所措。余倩背过身，眼泪一下涌了出来。

如 花

瞅着余倩肩膀一抖一抖地哽咽,南南心里一阵难过,泪水也涌满眼眶。她努力抑制住自己想抱住余倩痛哭一场的欲望。"别哭了,吃五谷哪有不生病的。"南南悄悄抹去眼角的泪,稳定了一下情绪,打开饭盒,用一个小勺在碗里舀了点儿稀饭,站在余倩面前,故作轻松地对余倩笑了笑。可她不知道,那笑比哭还难看。

2

几个月前,余倩感冒了一次,非常严重。平时感冒,随便吃几片药就过去了。可那次感冒,竟昏睡了几天,乏困得没有一点儿力气。那种乏很难形容,是一种从骨头缝里往外散的乏困。除此之外,每次刷牙牙龈都出血,有时甚至染红了牙刷。她以为是上火的缘故,也没太在意。余倩是边城剧团的演员,下乡演出任务繁重,一走好多天,回来忙着熟悉新剧本,排练新节目,匆匆忙忙日子就过去了。

终有一日,剧团古装戏剧《五典坡》终于定案,准备拍摄电视剧,余倩在剧里担任女主角。当时不知谁喊了声:"黑牡丹请客!"余倩因人长得漂亮,肤色却黑,大家都叫她黑牡丹。"好,我请,我请!"余倩笑着答应。大家迫不及待地簇拥着她,来到饭馆尽情吃喝起来。余倩平时酒量就好,大家都知道她能喝。由于高兴,余倩只觉那酒越喝越甜,越喝越香,没了一点儿辣味,人生得意须尽欢啊!

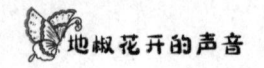

记得当时梁丽丽倒了满满一杯酒来到余倩面前，醉眼朦胧地盯着余倩，阴阳怪气地说："我有一种预感，你担任不了这个角色。"

余倩瞪着梁丽丽，没说话，大度地和她碰了下杯，一口喝完。

"我发现你最近气色很差哎，无论唱功还是动作都显得底气不足，软绵绵的没有力度。所以这个角色，最终还得由我来完成。"

"那你就等着吧。"余倩不想搭理梁丽丽，她知道梁丽丽没争上女主角心里有气。

"我就不明白了，团长为啥只推你呢！我比你差哪儿了？你给团长送礼了吧？"梁丽丽表情讥讽地撇了下嘴。

"梁丽丽，你在说什么呢！"余倩放下酒杯，迎上去。幸好紫小叶一看事态不妙，急忙岔开话题，把梁丽丽拽走了。

梁丽丽预感得没错，女人的第六感是个非常奇妙的东西。是的，我担任不了这个角色。突如其来的疾病，让余倩的天塌了。

"丫头，哭什么？别哭，这种病心情可是关键。"一个声音从对面那张床传来。

"你是哪里的？"余倩泪眼婆娑地问对面那个女人。

"黑龙江的，我叫刘珍，比你大，你叫我大姐吧。你看，我比你严重得多呢，都癌症晚期了。"刘珍有三十多岁，看上去十分憔悴,面色暗沉,眼圈发黑,嘴唇也是乌青的。

余倩用纸巾擦干眼泪。这时,一个秃顶男人手里提着两个面包进来。刘珍说:"这是我丈夫,叫他老耿吧,他年龄倒是不大,可面相老,我们结婚七年了,有个女儿。"余倩看了一眼那男人,中等身材,脸很黑,但面善。老耿看看余倩说:"又住进新人了,这个床的病人出院了?"

"出院?是见马克思去喽!"刘珍见余倩两眼紧张地瞅着她,马上意识到不妥,对余倩笑笑,说,"老耿,把面包给我吧。"老耿把面包递给刘珍。刘珍问余倩:"你吃面包不?"余倩说:"谢谢,我不吃。"

刘珍拿出面包看了看,放鼻子底下闻着,突然她像个孩子似的高兴地笑了。"这面包真好闻,甜腻腻的,有股香喷喷的奶油味儿,我喜欢。"老耿看了一眼刘珍,说:"你这个人就是奇怪,面包是吃的,不是闻的。"刘珍瞪了一眼丈夫说:"我闻着觉得心里甜嘛。""那就闻吧,等闻够了再吃。"老耿说着,有些不好意思地看了余倩一眼。刘珍说:"吃不下,肚子胀得难受。""下午给你要点儿病号饭吧。"刘珍还是摇头。老耿坐在刘珍床前,问她腿还困不困,刘珍说困,老耿就给刘珍按摩腿。按摩了一会儿,老耿把刘珍换下的内衣拿到卫生间去洗了。他走后,余倩对刘珍说:"你丈夫对你真好。"

刘珍叹了口气,说:"我这病一年多了,一直是他照顾着。我女儿六岁,我生了这种病,也没好的可能了,可怜我女儿还

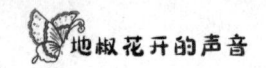

那么小,要成没娘的孩子了。"刘珍说着,眼泪就下来了。

"看你,刚还劝我来着,你也这样。"余倩抽了纸巾递给她。

刘珍接过纸巾,说:"这世上我没有什么放不下的,只有我女儿。男人没了老婆,还可以再找一个。女儿要是没了妈,那可就惨了。有时候我真后悔,不该生下她。"她先是呜咽着擦眼泪,后来哭出了声,"呜呜"地哭,像是猫叫。

余倩走到窗前站着,看外面灰蒙蒙的天空。虽然是正午,但楼房上空有一层烟雾遮住了太阳。北京的雾霾也很严重,空气中热烘烘的气流似乎凝滞不动。窗外是一片核桃林,知了似乎耐不住炎热,在核桃树上拼命叫着,和刘珍的哭声应和。余倩一只手伸向窗外,希望能感受到一丝风的凉爽,但是没有,人和万物都在酷暑中煎熬。

3

余倩去北京看病之前,母亲心神不宁地拉着她的手说:"倩,我整夜睡不着,你不会和你爸患一个病吧?"余倩说:"妈,你看我整天活蹦乱跳,在台上演穆桂英威风着呢,咋会得那病?南南让我去北京,她想和我搭伴儿去一次南方,只是顺便查查身体,你不用担心。"母亲仍忧心忡忡地望着她说:"我不放心,最近晚上经常做噩梦,梦见你爸回来了,病恹恹躺在床上,一会儿又变成了你,也病恹恹躺着,我心里害怕,还是陪你一起去吧。""妈,你去干什么?有问题我会给你打电话的，你就把心放肚子里吧。"她对母亲笑着，笑得很开心的样子。父亲在她八岁那年患肝癌去了，听说父亲的父亲——她的爷爷，也是患这个病走的。现在轮到她了吗？她才二十五岁呀，这么早就来了？

"你这孩子，一天只知道忙，从不关心自己的身体。"母亲嗔怪地瞪了一眼女儿。余倩知道，自从父亲走后，母亲一个人战战兢兢守着她，生怕再有个什么闪失，那颗心犹如惊弓之鸟，再也经不起一点儿事。母亲见余倩箱子里带了很多衣服，问："不是几天就回来吗？带那么多衣服干吗？"

母亲的眼里满是疑惑。

余倩又笑了，她挽住母亲的一条胳膊，头靠在母亲肩上说："有几件衣服我不想穿了嘛，看南南能不能穿。""你俩从小就互换着穿衣服，大了毛病还不改。"母亲释然一笑说。"妈，我那个剧本放哪里了？我要带着它，闲时看看。"母亲说："别拿了，几天就回来了。"余倩说："还是拿着吧，我要尽快熟悉剧本，八月中旬就要开机了。这可是我盼望已久的事。"余倩找到了那个剧本，把它塞进包里。

余倩本来不想瞒着母亲，但最终还是瞒了。一是她知道自己肝脏出了问题，但发展到什么程度她也不清楚；二是她认为母亲迟一天知道总比早一天知道要好。

对于自己的病，余倩还没有做好心理准备，她太年轻了。尽管偶尔会有个阴影出现在她脑海里，她本能地排斥着它，但

地椒花开的声音

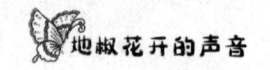

县医院的化验单子出来时,她还是愣住了。医生看着单子说她的肝有问题,化验血也不正常。有一种叫转氨酶的东西,正常值为 0 到 40,余倩竟高达 1000 多,比正常值高出 20 多倍。医生慎重地对她说:"你得去大医院,咱们这里没条件做相关检查,无法鉴定肝的损伤程度。"

余倩当时怔怔地注视着医生,半天说不出话来,她心里哀叹:该来的还是来了。

从医院出来,余倩脑子是空白的。她漫无目的地走在街道上。走到广场时,迎面过来个蓬头垢面的疯女人,要是平时,余倩早早就躲开了,今天却没躲,她两眼呆呆地注视着那个疯女人,见她手里捏着一块不知从哪里捡来的干饼子,一边走一边啃着。余倩竟对她笑了笑,疯女人也龇牙对她笑了。有人停下脚步,好奇地打量着她。这时的余倩突然觉得自己可笑,就对着那个疯女人笑个不停。疯女人似乎也感到意外,停下脚,又脏又黑的脸上两眼骨碌碌转着瞅余倩,旁边的人不解地看着余倩。余倩转身走了,她来到广场的石阶上坐下,坐了很久。看着广场上来来往往的人,想着那个疯女人,她觉得自己比她更惨。

这时,手机突然响了,吓了余倩一跳,原来是南南,她在北京打工,混得还不错。"喂,倩,是你吗?喂,怎么不说话?"听到南南的声音,余倩才从恍惚中回到现实,对着手机痛哭起来。南南果断地说:"来北京吧,北京有最好的医院,我陪你

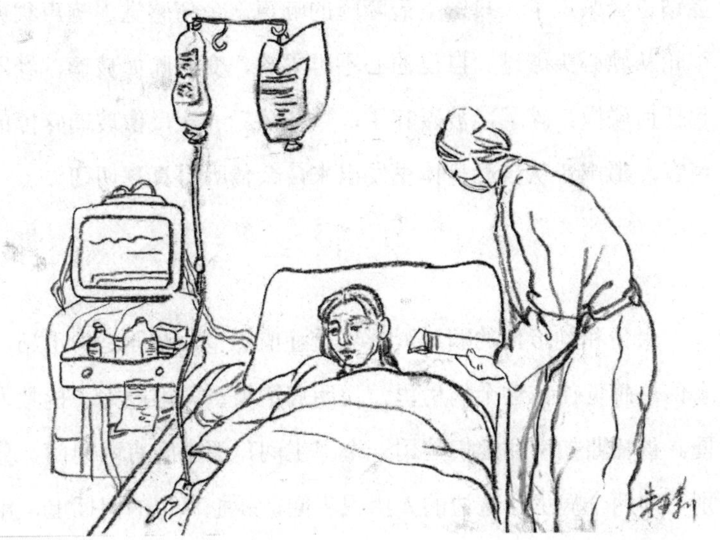

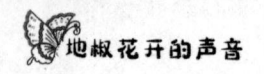

去查，千万不能耽误了。"余倩感觉电话里南南的声音十分遥远，像是从天边传来的，极不真实。

这时，天空有飞机飞过。余倩仰头望去，努力从响声中寻找飞机在什么位置，可她没有看到。天空飘浮着云彩，飞机可能钻进云朵里了，只留下轰隆隆的响声。余倩感觉那响声犹如车轮从她心头碾过。自己的心不再柔软，变得脆如玻璃，经不起任何碰撞。碎了，被碾碎了，"咔嚓"一声，像玻璃碎掉的声音，那声音从自己身体里发出来，余倩听得真真切切。

4

余倩和刘珍住的病房紧挨着重症监护室，对面是护士站。余倩总感觉住在这个病房里，说明病情很重。可能为了抢救方便。重症监护室和她们共用一个卫生间，卫生间有两扇门，分别通向两个病房。这边的人用卫生间，就把那边的门插上，用完把门再打开。同样，那边的人用卫生间，就把这边的门插上，用完再打开。余倩想不明白，为什么设计成这样。卫生间的隔音效果不好，早晨余倩在卫生间听到有哭声从重症监护室断断续续传来——一个女人的哭声，一边哭一边似乎絮絮叨叨着什么。

空气中凝结着一种危机和沉重。

"听说隔壁住进来个山东男人，四十来岁，肝硬化腹水，肚子胀得像鼓似的，已经昏迷两次了。"刘珍右手扶着腰，凑

如　花

过来对余倩说。

余倩只觉得毛孔紧缩，全身紧绷绷的，如有一副枷锁套在身上，不由得耸了耸肩膀。

"刘珍姐，你说人死时是什么感觉？"

"不知道，一下就过去了吧？"

"死的感觉肯定很痛苦。"余倩说。

"我想没有人能告诉我们死是咋回事，因为死去的人没法谈感受，活着的人又没死过。"

一阵沉默，两人都在为那个病人担心，心里默默祈祷那人能熬过这一劫。病房里闷热难耐，窗外核桃树上的知了静悄悄的，不知为什么而缄口，是怕惊扰一个即将离世的脆弱的生命吗？

下午，大部分病人离开病房到走廊活动。余倩准备下楼转转，病房的左侧有个花园，绿茵茵的草坪上还点缀着一些不知名的花儿，小径旁还放着木椅。余倩来到花园，一个个身穿病号服的患者在里面晃悠，有坐的、站的，还有慢悠悠踱着步的。他们个个脸色苍白，动作迟缓，神情淡漠。只要穿上了这一身病号服，你就从健康的人群里被区分了出来，到医院这个特定的环境里，或结束生命，或重新回到健康人群中去。这个过程也许很快，也许很漫长。余倩想，一个人只有成了病人时，才能真切体会到病人的悲哀。病人被热气腾腾的生活所抛弃、遗忘，成了另类，不仅要承受肉体上的痛苦，还要承受精神上的

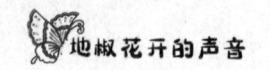

折磨，他们不能像正常人那样工作、学习、生活、运动、欢笑，病魔压制了他们，身体如封裹了一层蜡；他们脆弱、苍白、喜怒无常，时刻感受着生活的无情。余倩自己也变得怪怪的。难道说人生病后都会变成这个样子？

花园里一片祥和，阳光炽热地抚摸着嫩绿发亮的叶片，各种颜色的花朵颤巍巍地呼吸着裹着青草味儿的空气。余倩坐在木椅上，贪婪地盯着花儿看了一会儿，她感到疲倦，微微闭眼享受着这份惬意的宁静。

没多久，旁边传来哭声。余倩睁开眼，看见旁边的人行道上有两名护士推着一辆活动板床走得飞快。板床上平躺着一个人，被白布单覆盖着。一个年轻女子披头散发地跟在后面号哭，嘴里不停说着一句："人家都好好的！人家都好好的！"他们很快消失在住院楼旁边的一条窄道里。余倩知道，那后面有一间小房子，是太平间，她那天散步去过那个地方。她想，死后的人睡在那里面一定是一种极致的安静。但那天走到门口时她却被吓了一跳，太平间里有一个女人正在啼哭，她不停地抚摸着死者，哭喊着死者的名字。余倩突然间对那个哭泣的女人厌烦极了，真想跑过去对她大喊一声："闭嘴，死者需要安静！"

余倩想起女人哭诉的那句话，她没有说你走了我咋办或你别走之类的话，而是重复着一句："人家都好好的！"余倩细细品味着这句话，话里包含着多少对死的无奈和对生的渴望。死去的人肯定羡慕活着的人，有病的人羡慕没病的人，比起躺在太平间里的人，我也好好的，不是吗？余倩对自己说，我坐在这里安静地享受着花园里的温馨，感受活着的幸福。眼前有翠绿的树木、鲜艳的花朵，蜜蜂嘤嘤嗡嗡正在旁边一朵朵盛开的玫瑰花上忙碌，活着有多么美好啊！还有那么多的事情等着我去做，我不能被病魔打倒，我还要参加电视剧的拍摄呢！一想到拍电视剧，余倩感觉自己一下子就亢奋起来，身体仿佛安装了弹簧似的马上要蹦起来，像有一股神奇的力量推着她，把她推上表演的舞台。她不是病人，她是一名充满青春活力的秦腔演员，豪放激越的秦腔从她口中飞出："疆场厮杀硬碰硬，未想兵戈出真情，方知路险欲退却，无奈情思牵心境。"她回到了烽火狼烟的战场，穆桂英和杨宗保在战场上相互博弈，相互爱慕，相互追逐，金色的阳光映照在他们的戎装上，闪闪发光……

　　余倩沉浸在艺术的世界里，忘记了自己是个病人，眼前就是舞台。她声情并茂的演唱吸引了花园里的一些病人，他们围拢过来静静看着她，几名陪病人的护士也在里面，一个身穿病号服的老者情不自禁地跟在余倩身后做着动作。余倩看见老者，问："穆柯寨的山美不美啊？""美！"老者兴致勃勃地应着。"穆柯寨的水清不清啊？""清！""穆柯寨的鱼肥不肥啊？""肥！""穆柯寨的姑娘俊不俊啊？""俊！""你想不想娶？""想！"这时人群中发出一阵笑声。有病友喊道："老董，你这个戏精，真是老当益壮呀！"一阵轻松的气氛代

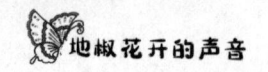

替了沉闷。突然,余倩皱起了眉头,不知什么地方散发出一股异味儿来,她不由得恶心起来。她用手捂住嘴慌张尴尬地蹲下,努力抗拒着身体的反应。她对自己说,观众都看着你呢,不能给他们留下不好的印象。可她终于没忍住,哇哇地呕吐起来,随之眼泪"哗哗"地流下来。围着她的病友纷纷转过身去,有的悄悄离开。那位老者过来关切地拍拍余倩的肩膀说:"姑娘,回去吧。"两名护士过来要扶她起来,她不起来,双手捂住脸,极力抑制着身体的抽动。

夜里下起了雨,雨点滴滴答答落在核桃树上,余倩从梦中醒来。风声夹杂着雨声呜咽着,似乎有一个悲伤至极的人在绝望地哭泣,断断续续的哭声和风雨声夹杂在一起,仿佛在倾诉着什么。

突然,一阵急促的脚步声打破了走廊的寂静,听得有人叽叽喳喳说着什么,声音极低。没多久,隔壁猛然传来一个女人悲痛欲绝的恸哭,只听得两声,像被人突然捂住了嘴。护士站传来护士出出进进的脚步声和器具的碰撞声,大约有二十分钟的样子,之后一切又恢复了平静,仿佛什么事也没有发生过。

隔壁重症监护室那个人走了。余倩的心"咚咚"地跳着,黑漆漆的夜充满了恐怖,一种无边无际、无处不在的死亡的恐怖。余倩不清楚那个人是还躺在重症监护室里,还是已被拉走了,但余倩相信,他的灵魂一定没有走,而是在某个角落游荡。那个黑色的幽灵此刻正瞪着一双对人世间万般留恋的眼睛,贪婪又嫉妒地盯着每一张病床上还在喘气的人。他会不会伸出那双僵硬的手毫不犹豫地抓走任何一个在疾病中挣扎的人？也许那幽灵随时会从卫生间那道门里钻进来。余倩感觉自己毛孔紧缩，她将头缩进被子里，恐惧使她觉得那个幽灵已站在她床头，她像被施了魔法，手指都不能动了。

"你醒着吗？"对面刘珍低声问。

"嗯。"

"我想上卫生间，你能起来陪我吗？"

余倩壮着胆掀开被子，摸到开关打开灯。两人拉着手战战兢兢走到卫生间，刘珍坐在马桶上，余倩站门边，两人都提着心看着对面那扇门，门是紧紧关着的，但两人感觉那门随时会被推开。突然，不知从哪个病房传来"啊"的一声惨叫，那叫声绝望而凄厉，接着有什么东西掉在地上发出沉闷的响声。余倩和刘珍被吓得一个激灵，目瞪口呆地看着对方，像被定在那里一般，久久未动。

5

余倩的病房热闹起来，加了一张床，住进来个十九岁的女孩。女孩是个大学生，他们一家是北京人。女孩肯定是独生女，娇生惯养，一难受马上哼哼，一点儿不忍耐。家属获得了陪护的许可，她母亲也身穿病号服，日夜守候在女儿身边，给女儿擦汗、喂水，照顾女儿去卫生间，不停地忙碌着。女孩嫌医

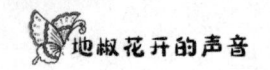

院的病号饭不好吃，女孩的父亲回去做饭，做好送过来，当父亲赶到医院时往往是满头大汗。护士给女孩打点滴，女孩紧锁着眉头，疼得竟哭了起来，女孩的父母心疼女儿，一下变得焦灼不安，围着女儿不知如何是好。女孩哭了会儿睡着了，父母这才松了口气。余倩和刘珍感觉她不是十九岁的大姑娘，倒像个几岁的小孩子，白天晚上不停地闹。自从女孩住进来后，余倩和刘珍的休息质量大打折扣。

下午，女孩叫喊胳膊疼，闹着不输液了。女孩的父亲轻轻抚摸着女儿输液的那只胳膊。女孩发着脾气对母亲大声说："快叫护士啊，不输了！"母亲轻声责备说："你这孩子，要听医生的话，不输液病怎么能好呢？"女孩竟置气地说："不治了，死了算了！"母亲听女孩这么说，眼泪一下就流了下来，说："你死了，让我和你爸可怎么活呀！"女孩见母亲低头抹眼泪，一脸的厌烦，说："该怎么活还怎么活，难道我死了，你们还不活了？"这时父亲接过话说："你这孩子，怎么说话呢！""好了好了，你们都出去，我不想看见你们！"女孩把父母全赶了出去。母亲伤心地流泪，两人可怜巴巴地站在走廊里。

躺在床上的余倩气得肚子鼓鼓的，她恨那女孩恨得牙痒痒，真想跳下床冲过去扇那女孩两巴掌。什么玩意儿！这个轻视生命不顾父母死活的家伙，还是大学生呢！

这时，刘珍过来轻声对余倩说："出去走走？"两人躲出去,坐电梯来到楼下,在花园里,两人谁也没说话。没走几步,刘珍就气喘吁吁挪不动脚步,瘫坐在了旁边的木椅上。刘珍悲戚地说:"我腹胀得厉害,肝疼得整夜无法入睡,看来大限的日子快到了。"余倩说:"你不可以这样说,为了你女儿,你也要鼓起勇气活下去。"

刘珍眼里含着泪,清瘦的脸颧骨凸出,黑里透黄,没一点儿光泽,眼窝深陷,周围黑得发亮,使人想到秋天一棵快要枯干的树。

"好妹妹,我心里苦啊,我想不明白怎么会得这种病。我没做过伤天害理的事,老天爷为什么要这么惩罚我?我不想死啊!我还有很多事情没有做,我女儿还没有长大,长大了我还要看着她上大学、工作、结婚生子,我多想看到这一切啊!可我却看不到了。"刘珍声泪俱下,眼泪唰唰地流着。余倩感到吃惊,那双枯干的眼里竟能淌出这么多泪水来。

刘珍的爱人老耿找来,默然看着刘珍,他掏出纸巾递给刘珍,说:"别哭了,会对病情不利的。我给你买了鸡汤,回去喝点儿吧。"刘珍摇摇头说:"不,我肚胀得什么也吃不下。"老耿过来搀起刘珍,说:"我们回去吧,这里有风,着凉了就更麻烦了。"刘珍垂下头,异常痛苦地靠在丈夫身上,一步三挪地走了。

余倩在椅子上又坐了会儿,她拿出手机想给母亲打个电话,想了想放弃了。她已给母亲说自己离开北京,和南南一块

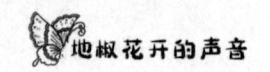

去南方了，得十天半月才能回来，叫她不用担心。想想如果母亲知道她住院，一定会马上赶到北京来，看着她心里该有多煎熬。她不想让母亲难过，瞒一天算一天吧。想到她走了，母亲一个人要孤零零地活在这个世界上，这是一件多么残酷的事！但是没有办法，谁能抗争过命运的安排呢？

这时，一个男人坐在了余倩旁边。余倩感觉他像一片纸，悄无声息地飘了过来，干瘦的身子架不起宽大的病号服，垂着的两只衣袖晃荡来晃荡去的，似乎里面没有胳膊。男人发黑深陷的眼窝里两只眼睛大得吓人，眼球发黄。这时一个女人匆匆走来，走到男人面前，左右看了看，很快从怀里掏出个小瓶子递给男人。男人一把抓过来，急切地打开瓶盖，仰头喝了一口。一股浓烈的酒气飘过来，余倩惊呆了。回过神来，她第一反应是想冲过去一把夺下男人手里的酒瓶："他都病成这样了，你还让他喝酒？"她脱口对女人说。

女人看了一眼余倩，凄然一笑说："他没多少日子了，一辈子就好这口。住院几个月没喝，想喝点儿，让他喝吧。"男人又抿了一口，咂咂嘴巴闭上眼，一副陶醉的样子。过了一会儿，男人突然睁开眼看着女人笑了笑，笑得很古怪。

"行了吧？"女人柔声问，男人点点头，把酒瓶递给女人。女人忙拧好盖子装进兜里。这时的男人显得疲乏至极，仿佛完成了一件极其重要的事情，然后头靠在木椅上，闭上了眼睛。过了一会儿，男人嘴里喃喃道："我们回家吧，不住了，明天就回。""好,明天就回。"女人回应着,突然用手捂住嘴哽咽起来,她极力控制着自己,伸出手将男人被风吹乱的头发捋了捋。

"你们准备回去?"余倩问。

女人点点头,怔怔地注视着男人,幽幽地说:"他的病只能做肝移植,医生说没有别的办法。这是一笔很大的开支,我们承担不起。本来我打算把肝移植给他,可我有心脏病,医生说不能做。他父母都不在世了,不过有个弟弟,可看都不肯来看他一眼。我们两个孩子都小,还在上小学呢。"女人说着这些话的时候,神情流露出的那种绝望和无助,让余倩一下想到一个人。这个人就是母亲,母亲在父亲病榻前的神情和眼前这个女人一模一样。

这时,男人突然睁开眼,混浊的眼球紧盯着女人,目光贪婪又迷茫。那眼神令女人揪心。女人扑上前用手蒙住男人的眼,不让他看。然后将男人的头搂在自己怀里,犹如婴儿般轻轻抚摸着。余倩突然觉得自己脸上湿漉漉的,用手一摸,竟是满脸的泪,她慌乱地擦了把,悄然离开了他们。

6

早晨洗完脸,余倩拿出小圆镜看着自己的脸。她发现镜子里的她脸色越来越暗,没有了光泽。原来她皮肤虽然黑,但黑得有光泽,剧团里的人都叫她黑牡丹,她也喜欢别人这么叫她。

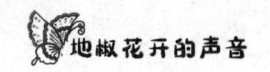

现在她对自己皮肤的黑产生了怀疑,是不是母亲一生下她,血液里就遗传了父亲的肝病,所以她的脸才是黑的?

如果不生病,好前程等着她呢。余倩太爱演员这个职业了,本来母亲让她上师范,毕业以后当名教师,说女孩子当教师挺好的,但余倩硬是违背了母亲的意愿,上了戏剧学校。她天生就是爱唱爱跳的料,进剧团没几年,就成了团里的台柱子。这次拍摄电视剧,要从团里选拔演员,余倩没有任何悬念就被选上了。团长对她说:"好好干,争取在电视剧里一炮走红,说不定被哪个外地大导演看上,你就能跳出边城,当签约演员了。"

余倩也知道这是个千载难逢的好机遇,对自己充满了信心。可是每次在她最顺利、最如意的时候,就会有个阴影出现在她的脑海里,看不见、摸不着,是什么呢?

在戏剧学校学习的时候,有一次,她唐突地问了她的老师:"老师,我会得肝癌吗?"老师看着她说:"你怎么问这样的问题?"她对老师笑了笑,说:"我父亲就是得这个病走的。"老师说:"不会的。"记得老师当时轻轻拍了拍她的肩膀说:"你想得太多了。"

可她常常幻想自己得了和父亲一样的病,一天天地接近虚弱,一天天地接近衰竭,这个想法时时困扰着她。有时正在走路,这个想法就出现了,她走路立马变得慢腾腾、软绵绵的,好像马上要栽倒了。但一天过去后,什么事也没发生,她又高兴起来,变得兴致勃勃的。她觉得自己有些可笑。

如 花

现在幻想变成了现实，不管她在心里有多么抗拒，多么不甘，可她已踏着父亲的脚印一步一步走来，她不能再当演员了，在电视剧里担任女主角也突然变得与她无关。尽管那个剧本她不知已翻了多少遍，每句台词都背得滚瓜烂熟，甚至把每一节剧里的唱腔、表情、动作都在脑子里过了无数遍。但那又能咋样呢？去它的吧，一切都让它蒸发、消失，升腾为云，飘浮在天空远去吧。

下午，南南来了，带来了一束鲜花，并带来个漂亮的花瓶，说把花插进瓶里，看着心情愉悦。这是一束玫瑰花，有三朵，一朵已盛开，两朵正含苞欲放。余倩闻了闻那朵盛开的玫瑰，一股淡淡的幽香钻入鼻孔。她陶醉地深深吸了口气，真香！余倩心里很喜欢，但更喜欢那两朵即将开放的玫瑰。她久久盯着看，看了一会儿，眼里突然有一抹冰冷掠过，说："它们过几天就蔫了，会死掉。"南南说："没关系，瓶里放点儿水，能保留很长时间呢。"余倩仍固执地说："那也会蔫，终究会枯萎。"南南岔开话题说："你还不让阿姨知道吗？一直瞒着她也不是个事儿。"余倩说："我很想让我妈来，可我妈自从我爸走后，身体一直不好，加上神经衰弱，知道我得病肯定会熬煎得夜夜睡不着，病倒了还要人伺候。你看我现在这样，谁照顾她呢？"

刘珍躺在床上，吃力地翻了个身，听到她俩的谈话后说："你说得对，你看我老公，自从我生病后，愁得头发都快掉光

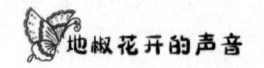

了,一下老了几十岁。病人生病,家属的心情也是灰暗而压抑的,床上有病人,地下是难人嘛。"

三个人都不再说话。余倩想起父亲病重时,母亲夜里常常躲进卫生间哭,八岁的她已完全记事,有时半夜醒来不见母亲,就溜下床到卫生间找她,母亲往往会搂住她呜呜咽咽,哭又不敢大声哭,怕父亲听见。那种悲痛深深刻在余倩童年的记忆里,一直挥之不去。

这时,重症监护室传来一阵嘈杂声伴着哭声。余倩突然抬起头望着南南说:"你抱抱我好吗?"南南有些惊异,碰都不让她碰的余倩怎么了?南南将双手抬起落在余倩的肩上,摩挲了一会儿,轻轻将她拥入怀里。余倩在南南怀里抽噎,她想妈妈,太想了,真想回到童年,在妈妈那温暖柔软的怀抱里,永远都不要长大。

7

主治医生用他那细长白净的手指轻轻按着余倩的腹部,说:"这里疼不疼?"余倩不敢看主治医生那双眼,那亮晶晶的目光温柔地注视着她,特别好看的棱角分明的嘴唇不停地上下嚅动着,向余倩叙述着她的病情。她真想主治医生就这样一直说下去,她就这样一直听下去,忘记了一切。她不是来看病的,而是一个健康的充满青春活力的实习医生,像那个娃娃脸男孩一样,正怀着渴望和仰慕的心情听主治医生讲解病例,那

如　花

是一种怎样的幸福啊！

"姐姐，你想什么呢？"旁边那个实习医生问余倩。他见余倩目光痴痴地注视着张医生，整个人像被魔法定住了似的，一动不动。

"啊！"余倩回过神来，顿时脸羞得通红，自己竟如此失态。

"姐姐，听说你是一名演员，刚才是不是进入角色了？给我们唱几句吧。"实习医生饶有兴致地说。

一听这话，余倩顿时来了精神，她一翻身从床上下来站在地上，甩了甩衣袖，拉开架势亮起嗓子唱道："想当年与宗保结为姻眷，破天门保住了宋室江山。"主治医生突然摆摆手阻止她再唱下去。他紧绷着脸严肃地对她说："你不可以再唱戏了，要安心养病，不能劳累，不能情绪激动，要时刻记住你是个病人。"主治医生的话使余倩一下子陷入悲伤，她绝望地说："不能唱戏，那我不成废人了？"主治医生板着脸不理她。她哭起来，一只手狠狠揪着自己的头发。突然间她睁开眼睛，原来这是个梦。她的手正使劲儿揪着枕头一角，枕头被她的泪水浸湿了，她的头发也浸湿了，床单、被子似乎都浸湿了，湿漉漉地泡在泪水里。

月亮的银光从窗口泻进来，一个黑影在地上蠕动，是对面的刘珍。她肝疼得无法入睡，为了不影响余倩，尽量不发出声响，像个幽灵似的。她太可怜了。

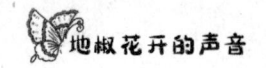

加床进来的那个女孩前两天转院了。女孩又哭又闹,说这个医院的医生治不了她的病,反而使她的病更重了。无奈,她父母只好给她办转院了。女孩一走,病房一下子安静下来。

"很疼吧?"黑暗中余倩问刘珍。

"嗯,又打扰到你了。"

"没有,我刚才做了个梦醒了。"

"你不用理我,睡吧。"刘珍说。

可余倩没了睡意,望着黑乎乎的天花板发愣。

此刻,余倩想起了父亲,那个早早被肝癌夺走生命的人。遗传病是多么可怕,是爷爷将肝病遗传给了父亲,父亲又遗传给了她。父亲是个很英俊的男人,一米七五的个子,修长的身材,五官挑不出任何毛病,风度翩翩。父亲虽然在行政部门工作,可他也喜欢唱戏,经常在家里装扮成小生模样给小余倩唱戏,那扮相别提有多英俊了。可父亲最后被疾病折磨的样子,目不忍睹。父亲最后那几个月里,就这样夜夜肝疼得睡不着,像幽灵一样在地下走动。有时他会摸到余倩的房间,弯下腰将脸凑到余倩的脸上不错眼珠地盯着她看。一次余倩半夜醒来,睁开眼睛猛然看到眼前的父亲,吓得呼吸都屏住了。她想大喊一声,可是喊不出声来,仿佛被梦给魇住了似的。那时她还小,还体会不到父亲的痛苦。现在她懂了,父亲舍不得离开她,舍不得离开母亲和这个家。想到一个人孤零零地要到另一个黑暗的世界里去,父亲的内心肯定充满了恐惧。父亲那时不知有没有想过会将疾病遗传给她呢？不得而知。但余倩心里清楚，她最终的结果和父亲是一样的。这就像被一个魔圈圈住，转来转去，永远也转不出去，无论你怎样抗争，最后都会乖乖进入那个索命陷阱，然后消失得无影无踪。

早晨，清洁工进来收拾房间，一夜没睡的刘珍沉沉地昏睡着。消毒液刺鼻的味道弥漫在病房里，余倩突然有些恶心，她溜出病房来到走廊。

新的一天又开始了，医生忙着查房，护士忙着扎针，清洁工忙着打扫卫生。余倩在玻璃窗前站了一会儿，看着早晨的天空，有一只鸟在天空自由地翻飞，余倩羡慕地望着那只鸟。后来鸟不见了，余倩回过头来，看见一个五十岁左右的中年男子从前面一病房出来，后面紧跟着两个女人。男人一边走一边回头，向从病房出来送他的病友们抱拳道别，豁达地笑着说："走喽，走喽！"一边还和身边两个女人说着什么。突然他停住脚步，稍稍弯了下腰，这时，鲜红的血一下从两个鼻孔涌了出来。他急忙用手捂住鼻子，两个女人立即一边一个搀住男人。一个女人从兜里掏出手绢捂在男人鼻子上。这时血已染红了男人的手，滴在了走廊干净的地板上，犹如一朵朵盛开的艳丽的红梅花。他们没有停下，很快消失在电梯里。一病友随后跟着，站在关闭了的电梯旁发呆。

"他去哪里了？"余倩过去问那位病友。

"回去了，医生让他出院。"

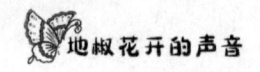

"嗯？"

"他的肝已烂掉，就怕出血，一出血马上就不行了。你没见他鼻子已经出血了，他要活着赶回自己家里呢。"

"他不是走得好好的吗？"余倩困惑地摇摇头说。

"那是他要回家的意念支撑着，他早已看淡生死，身后事都已安排妥当。他原是个砖瓦匠，后来成了包工头儿，一辈子打拼挣了很多钱，全部分给了他的老婆和两个儿子一个女儿。年轻时不注意身体，没日没夜地干，损坏了肝。唉，活着为钱拼命，一走什么也不要了，这人啊！"

那个人还在那里絮絮叨叨，余倩不再理他，低头看着地板上的血。这个对待生死如此豁达的人，使余倩猛然顿悟了什么。他走了，潇洒地走了，死算得了什么？余倩想到在哪本书里看到过一句话：生之本质在于死，只有乐于生的人才能真正不感到死之苦恼。我们生活在人间，不就是死前的一段过程吗？

余倩忽觉全身一阵轻松。

这时，余倩看见医生护士急匆匆奔向她的病房，她意识到不好，急忙回到病房。医生护士们正围着刘珍在抢救，余倩静静地站在一旁看着，看着一个生命凋零的过程。刘珍的爱人老耿赶来了，他一只手紧紧攥着给刘珍换洗的一件衣服，另一只手拎着个塑料袋，里面装着给刘珍买的早点，那拎着塑料袋的手不停地抖着。

一块白布单缓缓遮盖了刘珍，医生护士默默退了出去。这

如 花

时进来两个护工，将刘珍的遗体移到一个推进来的活动板床上，接着推了出去。老耿跟在后面，余倩也跟在后面，两人都没有掉泪。老耿说："小余，别去了。"余倩平静地说："我送送她。"

早晨的阳光穿窗而入，斑驳的光点跳跃着洒在遮盖着刘珍的白布单上。布单下的刘珍似乎安静地睡熟了，两个护工神色庄重地缓缓推着她，仿佛怕惊醒她似的。一切看起来都是那么和谐、自然。来的来，去的去，生命就这样轮回着。或早或晚，我们都会离开，不管用怎样的方式离开，意义都是一样的。这就是人世间不可避免的过程。

余倩想起她做的那个梦，医院的走廊就是生命的隧道，冥冥之中似有一种召唤，所有的人都会去那里，只是时间不同而已。在那个遥远的地方，余倩看到了一大片盛开的向日葵，向日葵金黄的脸盘正向着早晨初升的太阳怒放，异常鲜艳、夺目。每个去那里的人就是一朵花，一朵、两朵、三朵，越聚越多，最后汇集成一条河流，静谧地流向远方……

闰　月

1

刘顺子凶神恶煞般用刀子抵住闰月那柔润细嫩的脖颈。闰月咬牙不吭声，她用两手死死扳住他握刀子的那只手腕，想把它扳开，但他力气很大，她扳不动。刘顺子见闰月咬紧牙关不吭声，火气更大了，厉声道："你说不说？"

刀子不知不觉划破了闰月的脖子，鲜红的血顺着刀把流出。闰月低哼了一声，双腿一软，眼睛一闭没了气息。

刘顺子一惊，扔掉带血的刀子，一把抱起闰月用力摇晃："闰月——闰月——"见闰月脸色苍白，双目紧闭，没一点儿反应，刘顺子蒙了，发疯般哀号起来："闰月，呜——呜——"

"顺子，顺子！快醒醒！怎么了？"睡在一旁的长锁推他，但刘顺子仍在梦魇中伤心哭泣。长锁伸手使劲儿推他的头，刘顺子才清醒过来，睁开眼，回到现实中。

他只觉自己心跳如擂鼓，惊出一身冷汗，人也像虚脱一般。

闰　月

"怎么了，你做噩梦了？"长锁嘴里咕哝，"真不该对你说那话。"翻身又睡去了。刘顺子没吭声。他坐起来，将汗津津的身子靠在墙上。这时，漆黑的夜万籁俱寂，工棚里工友们的鼾声此起彼伏，如高山流水，跌跌宕宕，经久不息。刘顺子望着黑黢黢的窗户，擦了把额头上的汗，不禁问自己：咋会做这样的梦呢？

梦中他把闰月给杀了。他咋会杀闰月呢？她可是他心尖子上挂着的一块肉啊！

该死，要不是长锁那句话搅得他心乱如麻，他咋会这样？

两天前，同村和他一起打工的长锁从家里看有病的母亲回来，站在他面前吭哧半天，欲言又止。

"你咋了？有话就说嘛。"刘顺子有些奇怪，看着长锁想说又难以启齿的样子。

"嘿嘿。"长锁傻笑了声，"我听了句闲话，不知该不该对你说。"长锁手抓着头皮，表情有些尴尬。

"什么话？"

"这……算我多嘴，我来时在县城车站碰上个老庄洼的同学，他对我说……"

"说什么呀？"

"他说闰月要嫁给王支书的儿子了，不知是真是假。我想，该把这件事告诉你。"

"不可能，绝对不可能！"刘顺子一听，头摇得像个拨浪

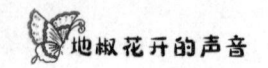

鼓。怎么可能呢？闰月是他的人。

"你一定听错了！"刘顺子瞪着长锁说。

长锁小心翼翼地看着刘顺子问："闰月最近给你来过信吗？"

"我们说好不写信的。"

"为啥？"长锁不解地问。

"因为看见信看不见人不是更难受？"

"真是个怪想法。"长锁摇摇头。

提到信，刘顺子想起走时和闰月商量好的不写信，互相信任，把对方装在心里就行了，因为即使写信也很难及时转到。他们居住在大山里，交通不便，半月二十天邮差也不来一趟。与其着急等待，不如安安静静踏踏实实想着对方。有时候，等信是件很折磨人的事，常常令人寝食难安，焦灼难耐。等到了重逢那刻再给对方一个惊喜，敞开心扉尽情诉说各自离别的相思，感受那种久未见面的喜悦和激动，不是更好吗？

可长锁的话，还是搅乱了刘顺子那颗原本平静的心。

临近年关，其实他已答应要给蒋老板照看工地，不回家过年了，他想趁这个机会多挣点儿钱。

刘顺子想了很久，不能给闰月写信，万一没有这事，闰月会生气自己不信任她，还是给妹妹小英写信问问吧。于是他就给妹妹写了信。可眼看距过年没多长时间了，还是没等到回信。他焦急地等着，等了很久才终于等来小英的信。你看这等信多折磨人。好在妹妹信里告诉他说没那事，叫他不要胡思乱想，在外面好好挣钱，家里一切都好。说闰月姐前不久还来过咱家，爹和娘叫他春节不要回来了，多挣点儿钱，好早点儿把闰月娶进门。

看了小英的信，刘顺子那颗提着的心才算又放回了原处。

二十世纪九十年代初，中国的农村发生了翻天覆地的变化，家庭联产承包责任制使广大农民基本解决了温饱，可生活物资相当匮乏，没钱花，经济基础薄弱，严重束缚着农民的手脚。为了摆脱困境，成千上万的农民纷纷从农村走入城市，通过打工卖苦力、做买卖等各种途径赚钱，刘顺子就是其中之一。

为了家庭和自己心爱的女人闰月，刘顺子把自己变成了个打工汉。

白天，刘顺子在工地拼命干活儿，他觉得自己是个男人，就有责任挑起家庭生活的重担。母亲常年有病，被严重的类风湿性关节炎折磨得手指都扭曲变形了，还患有高血压，一干活儿就头晕眼花。家里没钱，母亲舍不得吃药，有点儿钱都攒着，为了将来给他娶媳妇用。父亲一年四季在山里劳动，繁重的劳动使得他的背越来越驼。妹妹年龄尚小，一边跟着父亲干农活儿，一边还要照顾母亲，生活很是艰辛。更重要的是，为了深爱的闰月。两人从同学时候就相好，他之所以扔下闰月出来打工，就是要挣点儿钱，能体面地将她娶进门。作为一个男人，他可不想委屈了她。像闰月这么好的姑娘，在方圆几个村子都

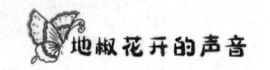

是数一数二的，无论人品、长相，都没得说。

　　白天刘顺子在工地上和砖瓦水泥打交道一天，晚上筋疲力尽地回到简易工棚里，将疲惫不堪的身子放倒在坚硬的木板床上，两眼一闭，脑子里就会浮现出闰月的影子。这时候，他什么也不想，就想他的闰月——想她的长相，那双黑白分明的大眼睛，一笑时牵动着那性感的嘴角，还有腮边浮现的那两个浅浅的酒窝；想她的一举一动；想和她一起读书时那些艰难又开心的日子。有时想得实在不行，就拿出闰月留给他的那块花手绢闻一闻，仿佛闻到了闰月身上那股特有的淡淡的香味。

　　那块手绢只是一块普通的手绢，上面印着两朵黄色的野菊花，野菊花盛开的样子和他们山洼洼里的一模一样。他觉得闰月身上的香味，就像他们山里的野菊花那种香，是一种淡淡的、悠长的、令人回味无穷的馨香。他打工走时向她要了这块手绢，闰月当时还笑他没出息呢。南方蚊子多，有时叮得人整夜不能入睡，他就把这块手绢往脸上一蒙，感觉闰月就在身旁，她的气息、她的味道，很快就伴他进入梦乡。

　　虽然整日在工地搬砖、扛水泥，重复着单调、枯燥的活儿，但刘顺子心里很充实，因为他心里装着闰月呢。他觉得能有个心上人让自己这么尽情想着、念着，心里很踏实，第二天早晨起来干活儿浑身有使不完的劲儿。

　　可不知为什么，越到年关，刘顺子那颗心越是不安起来，有时无缘无故心就慌得不行，而且夜里经常做噩梦，预感到有什么事要发生。会有什么事呢？是闰月出了事，还是她真变心了？可小英不是说一切都好吗？

他忘不了走前闰月搂着他脖子难舍难分的情景，闰月的眼神令他不安，那眼神是不踏实、缥缈、迷茫的。她说别走了，我们就这么结婚吧。他说这不行，没钱我咋娶你呢？你爹也不会同意把你嫁给我的。你再等等，明年秋天糜子黄了的时候，我就回来了。等挣了钱，箍了新砖窑，我要体体面面地把你娶进门，做我的媳妇。

听了他的话，闰月更紧地搂住他，仿佛他再也不回来了似的。

眼下，钱还没挣到多少，难道事情就发生了变化？

不行，我得回去。刘顺子被噩梦惊得一夜未眠，天刚蒙蒙亮，他就走出了工棚。

2

一九九五年，高考落榜的刘顺子和闰月分别回到了各自的村里。村子在不知不觉中发生着变化。农民只要是离开了土地，无论打工还是做生意，生活条件都有了很大的改善。有的人家原来灰塌塌的土窑洞变成了新崭崭的砖窑洞，成了黄土高坡上一道亮丽的风景。刘顺子的村子刘家峁就出了个能人曹聪虎，听说在外面做生意当了老板，成了村里有名的万元户。每次回来都见他嘴里叼着价钱不低的香烟，身穿皮夹克，脚蹬黑皮鞋，

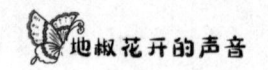

一副城里人的派头。尤其他家新箍的那五孔砖窑,窑面上还贴着雪白的瓷砖,看上去漂亮美观又气派大方。这是陕北这块黄土地上的庄稼人祖祖辈辈都难以实现的梦想啊!村里的年轻人看着眼都红了,纷纷离开祖辈为之流血流汗的这块贫瘠的黄土地,出去赚钱。

那段时间,刘顺子高考落榜后心灰意冷地蹲在家里,觉得无颜见村里人。没想到曹聪虎到他家来了。

"兄弟,考得怎样?"曹聪虎问。

刘顺子摇摇头。

"考不上算了,出去挣钱吧,条条道路通罗马嘛。"

刘顺子不置可否。

"我来问你个事,老庄洼村和你一块念书的那个女娃闰月考上没?"

"没有。你问她干啥?"刘顺子警觉地问。

"嘿嘿。"曹聪虎笑了一下说,"你哥我还是光棍呢,这方圆几个村子我就看上了那女子。这么说她没考上大学回来了?看来我能行动了。"

"你不要打她的主意了。"刘顺子心里一阵反感,突然说。

"为什么?"

"我们俩好了。"

"你?"曹聪虎一听,哈哈大笑,不以为意地看了刘顺子一眼。

"你笑什么？"

曹聪虎抬头看了看被烟熏得黑乎乎的破窑洞，说："就你这个家，你拿什么娶她？"

"你……"

曹聪虎看着刘顺子因恼怒涨得通红的脸，不屑地笑了笑，大度地抬手拍了拍刘顺子的肩膀，说："不是我小看你，你的条件不如我，你还是看我的吧。"

刘顺子的心被刺痛了，曹聪虎那副有了几个钱就狗眼看人低的表情深深伤了刘顺子的自尊心。

那夜，刘顺子失眠了，躺在土炕上辗转反侧，无法入睡。

本来，他还不死心，打算来年再考一次，最后一搏。现在他决定放弃，就他的条件，即使考上大学，父母供他读书不脱几层皮也难，闰月的家庭情况也一样。

我得把这几孔土窑洞变成砖窑，让闰月体面进门。他把自己的想法告诉了闰月。

那是七月一个夕阳西斜的下午，刘顺子约了闰月，两人走在山间的一个蒿草台上。望着远处灰茫茫的山峦，都没有说话。空气中凝聚着一股燥热，山坡沟洼上到处都长着绿莹莹的庄稼。

"我不再参加高考了，决定放弃。"刘顺子说。

"为什么？"闰月问，"你高考只差几分，也许再补习一年就考上了，放弃多可惜。"

"你不是也不想考了吗？"

"我的分数距录取线还差一截呢。"

"我得去挣钱。"

"挣钱？"

"挣了钱好娶你呀！"

闰月嗔怪地斜了他一眼，说："你没钱我也会死心塌地跟你的，谁让我看上你了。"

"我怕你被有钱人抢去。这几天是不是又有人上门提亲？"刘顺子酸溜溜地问。

闰月点点头，烦恼地说："整天踢踏门槛，都烦死人啦！"

"你可要立场坚定呀！"刘顺子一语双关。

"那不好说，说不定哪天立场就动摇了。"闰月瞅着刘顺子担心的眼神，故意说。

"你敢！"刘顺子一把将闰月拉进怀里，两人相拥着坐在隆起的土堆上。

夕阳已在不知不觉中坠入了西边的地平线，燥热的黄土地逐渐凉爽下来，被太阳晒得蔫头耷脑的糜子和谷子又精神百倍地昂起了头。

远远过来一群羊，放羊老汉的信天游格外响亮：

六月的日头腊月的风，
什么人留下个人想人。

闰　月

　　石榴开花石榴红，
　　想你想得心里疼。

　　隔河照见就是你，
　　恨不得长上翅膀飞。

　　白布衫衫我给你缝，
　　再不要出门揽长工。

"别出去了，我不在乎你有钱没钱，等我俩结婚后，咱共同努力，日子一定会好起来的。"闰月突然紧紧抱住刘顺子，不舍地说。

3

"顺子哥，听我叔说，你不管工地了，要回去？"秀珠一阵风旋进来。

刘顺子正在工棚里打捆自己的铺盖卷儿，所有的东西都塞进一个提包里。他拾起地下一双穿得半新不旧的黄球鞋，舍不得扔，用塑料袋装着，塞进铺盖卷儿里。

"嗯。"他应了声，抬头瞟了眼秀珠说，"你来干什么？"依旧低头拾掇东西。

"你……你就不能不回吗？"秀珠看着不紧不慢收拾东西

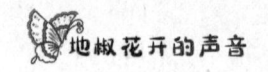

的刘顺子，心急又难为情地说。

"不能！"刘顺子很干脆地回答。

秀珠是包工头蒋老板的侄女，也是从农村来的，在工地干活儿。不过，她只是坐在电闸前扳扳闸刀而已，挣的钱可一点儿也不比刘顺子他们少。

"我叔说了，只要你留下，会付你双倍工钱的。过年吃的东西让我做一些给你送来。另外我叔还说，把他房间里的那台小电视也搬过来，让你过年能看春节联欢晚会。我没事也会过来陪你聊天解闷的。这么好的条件，你还要回？"秀珠那双亮闪闪的花眼殷殷望着刘顺子。

刘顺子点点头。

"喊！那穷山沟，回去干啥？"秀珠不屑地撇撇嘴，气恼又失望。

"你……"刘顺子一下瞪圆了眼，不过，他不想发脾气。"你回去吧，我还要赶火车呢。"刘顺子觉得自己根本没必要再听秀珠啰唆。

"那……"秀珠沮丧地垂下头，"我去推我叔的自行车，送你到火车站吧。"

"不用，铺盖卷儿一背，这就走了。"

"不嘛，我就要送，你等着。"秀珠固执地转身跑出去了。

刘顺子瞥了一眼秀珠匆匆离去的背影，心烦意乱地一屁股坐在捆好的铺盖卷儿上。他环视了一下工棚，空荡荡的工棚里就剩他一人，其他工友都走了。本来长锁说好和他一起走，但他之前说照看工地不回了，长锁就先走了。

今天，已经是腊月二十五了。

其实刘顺子心里清楚，蒋老板还是不想让他回，又指使秀珠过来留他。蒋老板在给他结算工钱时就问他，说好的，怎么突然改变了主意？刘顺子不好说原因，只说老人有病，得回家看看。蒋老板也没法勉强了。

又矮又胖的蒋老板，模样看上去很凶悍，其实在他那臃肿笨拙的身体里却有着一颗柔软的心。一般包工头都既野蛮又粗鲁，脾气很臭，活儿要是干得稍不满意就会遭到他们的谩骂，蒋老板却不这样。

蒋老板见刘顺子执意要回，只好用那又粗又短的手在刘顺子的肩膀上拍了拍，说："小子，那回去吧。"说完就动作迟缓地摇摆着肥胖的身子出了工棚，活像一个不倒翁。刘顺子望着他的背影，感到一阵歉疚，说好照看工地又反悔，他觉得对不住蒋老板。

说实话，蒋老板是有点儿舍不得刘顺子走，让这小子照看工地，再放心不过了。小伙子为人正派，心眼实，干活儿从不偷工减料，人品又好。这么多的工人里，还别说，他就看上了这小子。可惜，他看出，小伙子的心已不在这里了。

秀珠很快找来了自行车，刘顺子把铺盖卷儿放在自行车后架上，包挂在车把上。他要推，秀珠一把推开他，自己推着头

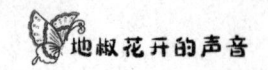

也不回地向前走去。

刘顺子知道，秀珠在生他的气，嫌他说话不算数。其实刘顺子心里明白，秀珠早就看上他了，整天在他面前晃荡，想和他好。蒋老板也有意想撮合他们。可刘顺子心里已有了闰月，对秀珠一点儿感觉也没有。其实秀珠长得还不错，就是个子矮点儿，腿稍微有点儿罗圈，头脑也有些简单。可那张脸还是挺生动的，人也乖巧。

男女之事就这么奇妙，刘顺子认为，没有感觉，就产生不了爱情。何况他心里有了闰月，咋可能再去爱别的女人？

刘顺子离开工地时，不由得转身望了一眼正在修建中的这座大楼。这是这座城市里最高的一座楼房，主体工程基本完工。那密密麻麻的铁架子像蜘蛛网网着整座大楼。虽然在这里干了近一年活儿，他早已熟悉了这里的一切，但看着这座楼房一点点高起来，还是对它有种陌生感。他知道，自己永远也不会融入这座城市，对于这座城市来说，他只是个外来打工汉，永远也不可能成为这城市里的一员。他的根在北方一个偏远的穷山沟里，无论他怎么挣扎，都扯不断那牵扯着他神经的根。

临上火车前，秀珠那双黑眼睛依依不舍地望着刘顺子，她迟疑了一下，说："顺子哥，你老实告诉我，是不是家里有女朋友？你这么着急回去，一定是要去见她，我猜得对不？"

刘顺子不忍看秀珠那张失望的脸，故作不耐烦地说："别问了，快回去吧。"

闻　月

秀珠眼里一下盈满了伤心的泪水，她已猜到了七八分。她背过身擦了把不争气的眼泪，从兜里掏出个塑料袋，里面装着几个煮鸡蛋。她努力挤出一副笑脸，把鸡蛋递给刘顺子让他路上吃。刘顺子接过鸡蛋，想对秀珠说句什么，可秀珠摆摆手很快转身走了。

刘顺子登上了火车。他从登上火车那一刻，就感觉自己的心像一颗枪膛里射出的子弹，一下飞了出去。

火车开走了，秀珠从站台的一根柱子后面闪出，望着远去的列车，泪如泉涌。

4

火车一声长鸣，钻进了山洞。刘顺子只买到了站票，没买到坐票，他蜷缩在车厢一拐角处。年关，火车上人满为患，连个扎脚的地方都没有，人挤人。行李架上放不下物品，都堆在走道里。车厢里凌乱不堪，空气污浊。每个人都哭丧着脸、皱着眉忍耐着。人们急匆匆赶回去要与家人团聚，无论路程有多远，都要回去过节，这是中国人几千年延续下来的传统节日——春节。人就是这样，像候鸟，一年四季在外奔波，过年了，都要回到自己的窝。

刘顺子坐在铺盖卷儿上，疲惫不堪地将头靠在摇晃的车厢上。连续十几个小时，他滴水未进，不吃不喝，嘴唇干裂着。归心似箭的刘顺子此刻脑子里什么东西也装不进了，只有他的

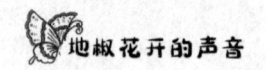

闰月。想着闰月的一切,想着自己为什么突然改变主意决定回去,但愿一切还是原来的样子,闰月还是他的闰月,说不定她正眼巴巴站在山坡上等他回来呢。

可火车离家越近,刘顺子那颗心就愈加变得焦躁不安。

他想起了分别时闰月那不安的眼神,还有他俩想做而没做成的那事,难道老天爷有意不让他俩成为夫妻?

刘顺子去南方打工动身的头一天晚上,闰月和他在她家的草垛子里见了面。两人说了很多离别的话,并且都准备把自己交给对方。因为自从上初中起,两人懂得感情这码事,心里就有了对方。相好这么多年,刘顺子还从没碰过闰月,最多拉拉她的手或亲亲她的脸。他总说要等到娶她那天,入洞房后在那个最神圣的时刻要她,也把自己给她。但闰月自从知道刘顺子为了她要到遥远的南方打工,就有了想把自己给他的念头。究竟为什么,闰月自己也说不清,她心里有种说不出的紧张和恐惧感,觉得自己再也不能和他在一起了。

那是个阴云密布的下午,大片大片的云朵在山顶上翻滚,远处隐隐有闪电的亮光,看样子一场暴风雨即将来临。两人对天气的变化丝毫没有觉察。他们在草垛子里难舍难分,久久亲吻着对方,激情难抑。正当两人纠缠在一起,要把自己交给对方时,猛然间天空响起了几声炸雷,眨眼工夫暴雨直泻而下,两人不得不分开,急忙躲进旁边一个草庵子里。草庵子四处漏雨,两人很快成了落汤鸡。刘顺子当时戏谑说:"看来老天爷也不让我俩做那事，没结婚怎能做呢？你看，它发怒了，要惩罚我们。"闰月没说话，一把用手捂住刘顺子的嘴，不让他说。两人又紧紧搂在一起，望着瓢泼大雨，闰月无声地哭了，泪水和着雨水一起流下。

是不是闰月有啥不好的预感？难道她身边存在什么潜在的危险？要不为什么听说他要走，就那么急切地想要把自己给他，难道……刘顺子不敢往下想了，他强迫自己闭眼睡一会儿，可怎么也睡不着。他伸出舌头舔了舔干裂的嘴唇，疲惫地睁着一双充满血丝的眼望着车厢里的旅客。他目光落在斜对面坐着的一对年轻男女身上，两人相拥着睡着了。那女的双手紧紧搂着男人的一只胳膊，头靠在男人肩上，瀑布一样的长发垂向一边，露出细嫩雪白的脖颈，很显眼。刘顺子想：闰月可没这么白、这么细嫩。她是山里妹子，肤色黑里透红，如山洼洼上那熟透的红高粱。那是一种健康的美，一种原始的美，一种纯朴干净的美。尤其那双亮闪闪的眼睛，黑白分明，清澈的眸子里不含一丝杂质。刘顺子每次望着她时，都能从她的眸子里看到自己的影子。

他实在太爱她了，她就是他的天，他的地，他的一切。这么多年他心里一直装着她，虽然没结婚，可她早已成为他生活的一部分。如果失去她，他不敢想象自己今后的生活会变成啥样。他那颗心一定会像天空中飘浮的那片云朵，永无着落。再说，感情这东西咋能说变就变呢？说好了要一辈子相守。一辈

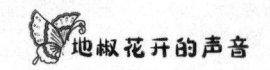

子,那可不是随便说着玩玩的。

他不要别的女人,他就要闰月。

从小在山里长大的刘顺子,有着老陕人那种敦厚、质朴、实在的秉性,这种秉性扎根在他的血管里,要想改变,那是很难的。

本来听长锁那么一说,他就该立即回去。但他不能回,工地上没有放假,提前回去要扣掉百分之二十的工钱,这是老板事先规定的。辛辛苦苦干一年,也就两三千块钱,再扣掉百分之二十,那还不要了他的命?再说,小英来信说一切都好。可他怎么越来越心慌,越心慌就越觉得不对劲儿,越不对劲儿就越觉得要出事。嘴上虽然答应给老板照看工地,可心早就飞回去了。

如果闰月真如长锁说的那样,背叛了他,嫁给了支书的儿子,那他肯定不会放过她。不会的,闰月不会那样做,如果事情有变,那一定是发生了什么事!他两手不由得狠狠攥住铺盖卷儿上的绳子,牙齿紧紧咬着干裂的唇,不知不觉中,一丝鲜红的血从他嘴角渗出来……

5

春节前,刘家峁外出打工的人都回来了,原本沉寂的村子又变得热闹起来,家家户户忙着做年饭,炉膛里柴火烧得旺旺的,杀鸡宰羊,炸糕蒸馍,门上贴了鲜红的对联,娃娃们穿着

闰　月

一新，拿着糖果钻出钻进，兴奋地欢叫着。村子上空飘散着一股浓浓的、香喷喷的年味儿。

小英正从乡代销点买了鞭炮、对联、糊窗子的麻纸等年货往回走，猛听得身后有人叫她，扭头一看，不觉高兴得瞪大了眼睛："哥，你咋回来了？"

"咋了，你不想叫哥回来？"刘顺子看见妹子很高兴。

"你在信里不是说要给老板照看工地不回来了吗？"小英望着又黑又瘦、疲倦不堪、两眼充满血丝的哥，眼圈不禁红了。

刘顺子走上前来亲昵地用手摸了摸小英的头说："我改变主意了。爹和娘都好吧？"

小英点点头说："好着呢。"

"那我们回吧。"小英拿的东西不多，就抢过刘顺子的挎包背着，兄妹俩往回走。

两人一边走，一边又不知说了几句其他什么话，刘顺子就迫不及待地问小英："你最近看见闰月了吗？"

小英一下子慌乱地摇摇头，别过脸去。

看着妹子的表情，刘顺子就说："告诉哥，是不是有啥事瞒着我？"

小英还是摇摇头啥也没说，低头快步向前走去。

刘顺子紧追几步一把拉住小英，低头看着她的脸，只见小英两眼早已盈满了泪水。"快告诉我，出了什么事？"刘顺子焦急地问。

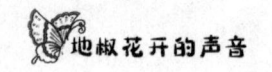

小英手里的东西掉在地上,呜呜咽咽地哭起来,将头靠在刘顺子怀里哽咽着说:"娘不让我告诉你,哥,你听了不要着急。闰月……闰月姐她……她变心了,她不和你好了,听说正月初八就要嫁给支书的儿子王彪。"

刘顺子一听,肩上的铺盖卷儿滑落了,重重地掉在地上,眼前的大山在他面前旋转起来,小英也在旋转,并且越转越快,他感觉自己失去了重心,两只脚离开了地面,跟着天地一起旋转。他再也支撑不住,整个身体向后倒去。

"哥!"小英的眼泪顿时被吓了回去,一把拉住向后倒去的刘顺子,刘顺子一屁股跌坐在铺盖卷儿上,头嗡嗡直响,两眼发黑,金星乱冒,眼前有无数的小花点儿在游动。他双眼紧闭,脸色惨白。

四周静悄悄的,兄妹俩就这么一个坐着,一个站着,远处隐约传来几声犬吠。

时间过去了很久,刘顺子终于睁开眼睛,疲惫地用手按着太阳穴,用低哑的声音说:"你在信里为什么要骗我?"

"爹和娘怕你知道了回来做傻事,说咱得罪不起支书。"小英将两手搭在刘顺子肩上,害怕地望着哥那骇人的脸色。

刘顺子又闭上双眼,感觉全身一阵阵发软,没了一丝力气,像被人一拳打得晕了过去又醒过来那种感觉。

小英着急地摇了摇他的肩膀:"哥,你没事吧?"

刘顺子摇摇头,用双手捂住脸没有动。又过了许久,刘顺

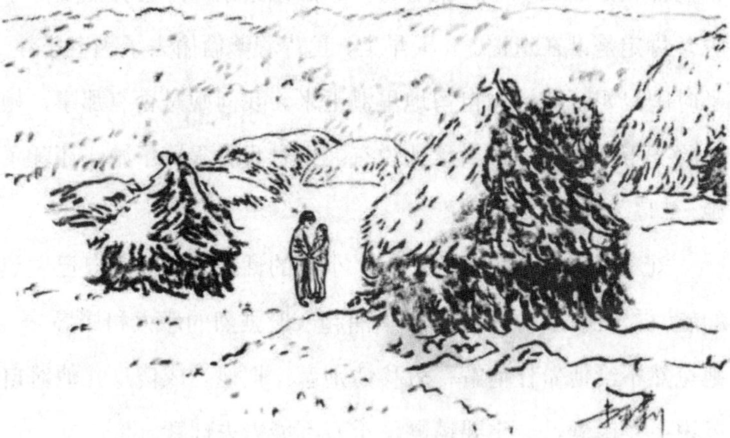

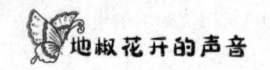

子努力使自己平静下来。

"知道为什么吗？"

小英说："我找过她一次。"

"她怎么说？"

"我听了那个消息不能相信，就想闰月姐不是那样的人，你们都相好那么多年，就等哥挣钱回来结婚，咋会突然变心了呢？肯定是谁在造谣。一天早上，我背着爹偷偷去了趟老庄洼，当时闰月姐正在她家自留地里锄玉米。我问她是否有那事，她的脸一下子白了，点头承认说有。当时我狠狠骂了她，还唾了她一口，就哭着走了。"

刘顺子仍用手捂着脸，听了小英的话，狠狠咬着自己发黑的唇，鬓角的血管凸起。他心里涌起一股强烈的怒火和屈辱——她竟然不给他做任何解释就移情别恋，把他当成傻瓜。他对自己说："镇静，一定要镇静，千万不能失去理智。"

刘顺子瞪着血红的眼，两只拳头不知不觉中攥得更紧。此刻，如果面前站个铁人，他相信自己会一拳将它打碎。

6

腊月二十七，老庄洼村支书王德乾家的院子里正一派喜气，人来人往忙碌着。人们正忙着杀猪宰羊，院子里横绑着一根木杆，上面挂着一头大肥猪，一只胖羊羯子，全都拾掇得干干净净，白生生悬挂在那里，在阳光下闪着光。这是准备正月初八给儿子办喜事用的。他让人把杀好的猪和羊都抬进南房冻起来，然后招呼村里帮忙的人到屋里坐，抽烟喝茶。

对儿子的婚事，王德乾决定要大操大办，村里人全请。他是支书王德乾，肯定不同于普通百姓。

提起儿子王彪，王德乾是恨铁不成钢。供他读书，初中没毕业就读不下去了。在家劳动，又下不了苦，整天游手好闲。王德乾只好送儿子去当兵。在部队锻炼了两年，他觉得儿子还懂事了不少。复员回来后，一直在县城他舅的建筑公司开车。眼看年龄不小了，给他说了很多对象，他一个都看不上，就看上个本村的闰月，非她不娶。可王德乾心里不满意，他希望儿子能给他领个城里姑娘或家庭条件好的媳妇回来，但儿子没那能耐。

闰月倒是个好姑娘，他是看着长大的，可她家里太穷了，父母又老实，在村里也没什么地位。早就听说闰月和邻村刘家崄姓刘的同学谈恋爱，那男的好像到外地打工去了，婚事还没有定。但儿子软磨硬缠，他只好托人去说亲。结果闰月爹杨振邦说闺女有对象了，这事就给搁下了。王彪还不死心，他对当支书的爹说："在村里啥事不是你说了算，连个闰月也给我说不来！管她有没有对象，不是还没结婚吗？"王德乾虽然在村里说一不二，但也总不能去抢亲。还好，后来事情发生了转机，闰月终于答应了这门亲事。虽然王德乾心里不满意，也只好遂了儿子的愿。

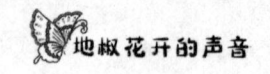

上午，他打发儿子和闰月进城购买结婚用品，顺路到乡政府把结婚证领了。下午，两个年轻人回来了。吃罢晚饭，天已黑了，王彪送闰月回去。两人走在黑乎乎的小路上，王彪显得兴奋而忘形。他对闰月说："再过十天，不，准确地说是十一天，你就成我王彪的老婆了，我真是太高兴了！"王彪情不自禁地将两手放在胸前，十指交叉在一起，挺胸舒了口气。见闰月低头走路没说话，他又说："对了，今天买的东西你满意不？"听得闰月轻轻哼了声。王彪说："我只看上了那枚金戒指，成色好，样式时兴，戴在你手上再合适不过了。"王彪看了眼闰月，又得意扬扬地说："我爸说要把咱俩的婚礼办成全村最风光的，还答应结婚后再给咱买辆凤凰牌自行车。闰月，你跟了我，一定会过上好日子的，我不会让你受苦。"

一直走在前面没有说话的闰月抬头看了看四周，黑暗中一切都静悄悄的，静谧而祥和，可闰月心里却空落落的。她转身对一直喋喋不休的王彪说："好了，这就到了，你回去吧。"

"闰月，我早就看上你了，你不知道我有多喜欢你。虽然咱们住在一个村，可你却从来不正眼看我，总是躲着我。"王彪有些委屈地说。

闰月低下头没说话。

"闰月，"王彪见闰月不言传，嬉皮笑脸一步跨上前捉住闰月的两只手说，"现在我不想回去，你让我多陪陪你嘛。""这就到家了，你回吧。"闰月坚持说。

闰 月

四周寂静无声,黑咕隆咚的夜遮掩了一切。王彪不想离开闰月,他缩缩脖子,更紧地握住闰月的手说:"我俩都快成夫妻了,闰月,让我亲亲你嘛。"说着,就猴急地把脸凑上来。"急什么,等结了婚吧。"闰月半推半就被王彪搂住。王彪在她的脸上、唇上亲起来,随着呼吸的急促,手也变得不安分了。"闰月,我们,我们……"闰月急忙推他,可她推不动。王彪越发搂得紧。"亲亲……"王彪此刻搂着闰月,周身火烧火燎难受起来,"我们,我们就在……"王彪一边急促喘息着,一边死命将闰月往路边草垛里拉。在这万籁俱寂的夜里,猛然间传来一声野猫子的怪叫,两人吓了一跳。闰月乘机挣脱了王彪,转身就跑,回头对站在身后的王彪说:"回去吧。"

王彪抬头望了望不远处闰月家的窗户,有灯光一闪一闪的,便遗憾地摇了摇头,对着闰月黑乎乎的背影喊:"你小心点儿!"见闰月没答话,就极不情愿地转身一步三回头走了。

跑出二十多步,闰月用手按住急跳的心,喘着气弯腰回头看,见王彪隐入黑暗中,她终于松了口气。抬起头来,猛然见前面立一黑影,她不由得双手捂住了嘴,惊得差点儿尖叫起来。

"真是精彩,不亲眼看见,我还不相信呢!"刘顺子在黑暗中掩饰不住嫉妒和怒火,阴冷地笑了声说。

听到声音,闰月仿佛被雷电击中了似的呆在那里。

7

"怎么？不认识了？"刘顺子恶毒的话语听着令人心颤。

闰月紧紧捂住嘴，免得叫出声被还没走远的王彪听见。她极其惊恐地向后看了看，结巴着说："你，你……回来了？"

"我回来你不高兴吗？"

"你……"

"这么说，你变心是真的了？"刘顺子极力压住怒火，故作镇静地说。

闰月没作声。

"你移情别恋，也该给我打声招呼吧？好歹我们也相好这么多年，你把我刘顺子不当人看？"

"我，这……"闰月一时张口结舌。

"说呀！"

"我……真的是对不起。"

"嘿！说得真轻巧，一句对不起就完了？"

"你要怎样？"

"为什么？难道你不应该给我个合理的解释吗？"

闰月没说话。

"快说！"

"不为什么，是我变心了。"

"不！你不是那种人！"刘顺子喊着。

"你别忘了，人是会变的。"黑暗中，闰月咬着牙说。

"这是我的闰月吗？我是不是认错人了？"刘顺子更近地盯着她说。

"你没认错，就是我。"

"这么说你是看上支书家有钱，嫌我穷，是不是？"

"随你怎么想。"

"我的闰月是这样的人吗？"刘顺子反问，鄙夷地看着她，随即从身上掏出一沓人民币来，捏在手中在闰月面前摇晃着，"你是为了我手中这个东西吗？"

闰月没吭声。

"你不说，那就是了。既然为钱可以随意变心，随便跟别的男人。那这钱我给你，和你睡一觉够了吧？"刘顺子冷笑着说。

"刘顺子！你卑鄙！"

"我卑鄙？卑鄙的人是你不是我！"刘顺子疯了一样喊着，他把手里的钱强行塞进闰月的衣兜里，然后一把将她拉进自己怀里，不由分说，粗暴地将他的唇压在闰月的唇上。他感觉闰月的身子一下子变得僵硬了。

"你干什么？放开我！王彪知道会杀了你。"闰月惊慌地说，极力挣扎着，但刘顺子两条胳膊紧紧抱着她，她根本无法挣脱。

"我不怕！你高声喊呀！他还没走远呢，把他叫回来，让他来杀我好了，反正我也不想活了。"

刘顺子感觉闰月僵硬的身子突然变软了。她身子一软，刘

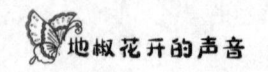

顺子趁势抱起她，几步来到不远处闰月家旁边的草垛子里，将她放下。他像只疯狂的野狗，扑在她身上，将她压倒在草垛上。

一开始，闰月死命挣扎，刘顺子在闰月脸上、唇上、脖子上一阵乱啃乱咬。慌乱中，闰月一口咬住刘顺子的唇。

刘顺子钻心地疼，但他不松开闰月，忍着，就让她咬。结果，刘顺子的唇被闰月咬烂了，两人都尝到了一股血腥味儿。

"你疯了？"

"我是疯了。"刘顺子恶狠狠地说，"你竟敢背叛我？我得不到你，也绝不能便宜那小子。支书有什么了不起？不就有钱吗？我要让他的儿媳变成二手货。"

此刻的刘顺子已失去理智，变得狰狞可怖。他不顾一切粗野地去剥闰月的衣服。闰月死死揪住衣服不松手，嘴里哀求说："你不能这样。""我就要这样，知道我原来多珍惜你吗？可你不值得我珍惜，不值得！"刘顺子已激动得热血沸腾，不能抑制。眼看最后一层衣服就要被扯下，闰月尖厉地喊了声："顺子哥！你不能这样啊！"

尖厉的喊声直刺耳膜，如晴空霹雳把刘顺子给镇住了，他呆愣片刻，双手突然软了下来。

我在做什么？我在做什么啊！刘顺子双手抱住头。冰冷寂静的夜悄无声息，刘顺子那颗发昏发热的头脑终于慢慢冷静下来。

他仰起脸来悲哀地望了一眼黑漆漆的天空，怎么没有看到月亮？月亮是不是躲进了云彩里，不愿看到这丑陋的一幕？

刘顺子一个趔趄站起来，仓皇地离开闰月，转身消失在黑魆魆的夜色里……

8

高一脚低一脚回到家里的闰月，没惊动父母，到自己小房摸黑躺下。刚才发生的一幕，使闰月身心剧痛，泪如泉涌。

不，是由于自己不肯说出原因，才使刘顺子失去理智。她咋能对他说呢？一切都无法挽回了。

刘顺子绝不会想到，他打工走后，闰月家里发生的事，彻底改变了他俩的命运。

一个夏日的夜晚，风在山间呼呼吹着，揪扯着沙尘漫天飞舞。闰月的弟弟小海摇摇晃晃回到家。他酒气冲天，神思恍惚，一言不发，拉了被子蒙住头，倒在炕上。

闰月走进来说："你到哪里去了？娘担心你还没睡呢。"

被子动了下，小海没吭声。

"问你话呢！"闰月一把拉开他的被子，见小海脸色惨白，神情异样地在被窝里流眼泪。

"咋了？你喝酒了？是不是又惹事了？"闰月着急地问。

小海还是不说话。

"快说，你到底咋了？"

小海终于泪眼婆娑地说："姐，我拿刀把王老虎给砍了。"

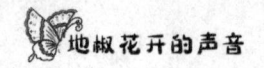

闰月一听，惊得目瞪口呆。

"砍死了？"

小海摇摇头："我不知道，被送到医院了。我把王老虎的饭馆也给砸了。"

"为什么？"

"我喝多了，稀里糊涂，兜里没带钱，王老虎伸出小拇指讥笑羞辱我，说我付不起酒钱。我一时怒起，砸了东西，又拿刀把他砍了。"

闰月只觉眼前一阵天旋地转，仿佛天塌下来一般。

小海惹下事，一家人全傻眼了。第二天一早，派出所来了两个警察把小海带走了，说是调查。

幸亏王老虎伤得不重，他提出条件：小海必须拿出两万块钱，一是砸坏饭馆东西的赔偿，二是砍伤他的住院费和治疗费，三是耽误他做生意的误工费。如不出钱，就告小海故意伤害罪，送他去蹲监狱。

两万块，对于他们这个贫困家庭来说无疑是个天文数字。拿不出钱，小海就要被起诉，怎么办？总不能眼看着儿子进监狱。杨振邦四处凑钱，跑遍了所有亲戚，也没借到几个钱。

绝望中，支书王德乾伸手帮了他们。不过，他有个条件，说他儿子王彪看上了闰月，只要闰月肯答应做他儿媳妇，一切都好办。

那是一段令闰月心碎的日子。娘因小海的事心脏病犯了，

闰　月

脸色乌青躺在炕上，闰月正端药给她喝，支书王德乾来了，进了门问："振邦兄在家吗？"闰月娘挣扎着从炕上爬起来："是支书，快请坐，她爸出门了。"王德乾坐在炕沿，望着闰月娘关切地说："你这是……""我心脏病犯了，上不来气。""好好的，咋又犯病了？""唉，一言难尽。支书，你有事吗？"闰月娘浮肿着脸泪眼婆娑地问。"没什么事，振邦兄要是回来，你叫他来我那儿一趟，我有点儿事先走了。"

晚上，闰月她爸回来了。跑了几天也没借到几个钱。几天时间，老汉就脱了人形，胡子拉碴，头发像蒿草一样向上翘着，脸色苍白，哀愁的目光有些迟钝。听说支书找他，老汉饭也不吃，又去了支书家。不长时间回来了，一声不吭，心事重重地蹲在地上一锅接一锅抽着旱烟。闰月娘问老汉支书找他啥事，半晌，老汉才开了腔："支书答应帮我们给王老虎出钱。"

"真的？"闰月娘一下坐直身子，眼睛直愣愣瞅着老汉。

"但有个条件，说他儿子看上了闰月，只要闰月肯给他做儿媳妇，一切事情都好解决。"

"这……"

"爹！我不！"正在后锅台做饭的闰月听见慌忙跑过来，急得瞪大眼睛瞅着爹。

杨振邦看了眼闰女，自顾自地说："我也说了，闰月已有对象。最后支书说，这是两厢情愿的事，勉强不得，你们回去好好考虑考虑。"

119

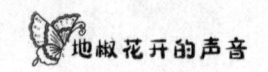

"这个小祖宗,是把我们往死路上逼呀!难道眼看着他蹲监狱?进了监狱,以后还有哪个姑娘会嫁给他。"闰月娘在炕上一只手无力地拍打着炕皮,眼泪像断线的珠子落下来。一会儿上不来气了,嘴唇憋得乌青。闰月急忙跑过去,用手抚着母亲的前胸,说:"娘,你不能着急。"

"这个不成器的东西!"杨振邦嘴唇哆嗦着,拳头紧紧攥着,仿佛要把什么东西打碎似的。

夜幕降临了,黑暗笼罩着这个家,黑沉沉的夜如一块幕布遮盖着,压得人透不过气来。一家人睡意全无,两位老人愁得不停地叹着气。窗外,远远传来猫头鹰凄厉的叫声。

9

小海被派出所带走后,闰月眼看着爹娘为弟弟的事煎熬、憔悴。娘的病也越来越重,全身肿得下不了地,她觉得自己再也撑不下去了。

一天早晨,闰月神思恍惚,心烦意乱地来到她家的自留地。地里种着荞麦,荞麦花正雪白地开着。风燥热着,偶尔有只蜜蜂嗡嗡嗡飞到她耳边,仿佛在向她打招呼,见她没反应,又嗡嗡嗡飞走了。四周寂静无声。闰月木呆呆站着。过了很久,她又茫然地来到前面一个土坡上,一屁股坐下哭了起来。一开始是小声哭,最后放声大哭。她把所有的伤心、委屈都倾倒出来,翻江倒海地哭着。她哭了很久,又开始自言自语诉说:"刘顺

闰　月

子，你快回来吧，我该咋办呢？我不能眼看着我爹我娘被往死里逼呀！可你就是回来了，又有什么办法呢？哪有那么多钱替小海还账？你娘又有病，我不能一进门就让你背债……"她一边说着，一边绝望地哭着，直到哭累了才止住。

　　闰月哭够了回到家里，红肿着两眼坐在土炕上。想起顺子哥，眼泪又无声地流出来。他在外辛辛苦苦挣钱，为的是将来给她个好日子。他早已认定她是他的人了，如果她背叛了他，他知道后不知会变成啥样。他是个认死理的人。想到这里，闰月悲恸欲绝，肝肠寸断。可不答应支书，谁能帮小海？爹和娘都快愁死了。特别是娘有心脏病，万一急出事咋办？看来，她和刘顺子这辈子是没缘分了。闰月又哭了，哭得很伤心、很绝望，她真想一头撞死算了。

　　闰月一人坐着，直到天黑。她感到自己孤立无援，犹如陷入幽暗无底的深潭，没人来解救她，也没人知道她的苦。她哭一阵，想一阵；想一阵，又哭一阵。不知过了多久，她终于下定了决心。

　　第二天早晨，闰月从炕上爬起，走进了爹娘的房间，说："爹，娘，我愿意嫁给王彪。"杨振邦一听，愁云密布的脸上终于露出了一丝喜色。他无奈地叹了口气，对闺女说："闰月，爹知道你心里委屈。不管咋说，支书在村里也是有头有脸的人，光景没得说。王彪虽然各方面顶不上顺子，但起码你嫁过去不会受穷。"闰月娘在炕上哭起来："好闺女，你对你兄弟的情，

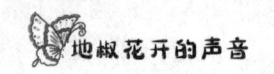

我们会让他记着。"闰月急忙转身回到自己房里,强忍着再没哭出声来。

当天下午,小海放了回来,事态平息了。

一天,闰月一早就到地里锄地去了。突然见小英从地头窜进来,一把夺过她手里的锄头,歪着头气呼呼地问:"咋回事?"

"什么?"闰月佯装不知,心却一下子揪了起来。

"杨闰月,你装什么装!听说你要嫁给支书的儿子,真有这事?"

闰月不由得哆嗦了一下,她的心慢慢沉入冰洞里。她冷下脸说:"是真的。"

"你真的变心了?那我哥怎么办?"小英吃惊地瞪圆了眼睛。

"我管不了那么多了。"

"你……你怎么是这种人?我哥哪点对你不好?他为了你才出去打工挣钱,你却要嫁给别人。"小英无法相信,气得满脸通红。

"好了,别说了。"闰月狠着心说,"等你哥挣那点儿钱,我要等到猴年马月?我等不及了。如果你哥再来信,你告诉他实情吧。"

"我才不会告诉他呢,等我哥回来看你怎么有脸面对他!你……你不算个人!呜——呜——"小英把锄头一摔,绝望地

闰　月

哭着走了。

闰月一下子蹲在地上,双手捂着肚子,一股一股汹涌的泪从眼里往外涌,心揪着痛,像是被人用手抓扯着。

从地里回来,闰月周身软塌塌的,没一点儿力气。她饭也没吃,就躺在炕上,睁着眼睛,一直躺到天黑。娘进屋来把油灯点上,借着油灯的亮光,闰月娘用手抚摸着闺女的脸庞和哭肿的双眼,哽咽着说:"闺女,委屈你了。"

闰月摇摇头说:"娘,我没事,过一阵子就会好的,你不用担心。"

时间过得飞快,转眼到了腊月,两家人商定了婚期,决定正月初八过事。

临近年关,闰月那颗心就紧紧揪了起来,她担心刘顺子过年回来知道了怎么办?他会气成啥样,会干出什么事来?她不敢想象。但愿他不知道,但愿他不要回来,在外面一心一意挣钱,远离这种痛苦。

可他还是回来了。他咋可能不回来呢?世上没有不透风的墙。

幸好,他没拿刀杀了她。现在,她只有狠下心来不再给他希望。她背叛了他,他咋能不暴跳如雷呢?

闰月躺在炕上两天没动,流着泪为自己悲哀,更为自己所爱的人心痛。

10

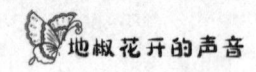

刘顺子在家过了个生平最寡淡无味的春节。过年的喜庆他丝毫没有感受到，而是被一种巨大的不幸包裹着，一切都无法改变。当初，他之所以要回来，除了无法相信闰月变心外，更重要的是他不能眼睁睁看着自己心爱的女人背叛自己。她是这么多年来他最珍视的人，可她却亲手毁了这一切，他无法忍受。实际上他是个很传统的男人，感情很专一，他无法接受这个事实。

他不吃不喝睡了两天，第三天起来了，脸青黑，嘴唇布满了燎焦泡。他对母亲说："我不会让闰月结成婚的，我要在她结婚那天，当着所有人的面，说闰月已经和我睡过，早已是我的人了。看支书和王彪怎么下台！"母亲一听急了，说："你千万不能这么做，这么做既得罪了支书，又害了闰月。顺子，你听娘的话，死了和闰月这条心吧。再说，谁也没有强迫闰月，是她自己愿意的。"胆小怕事的母亲拉住顺子的一只胳膊，生怕他出去惹下事。

"可我就这么眼睁睁看着她成为别人的老婆？"

"没办法，你认命吧。"

"娘，我这心里憋屈！"刘顺子用拳头狠狠捶着自己的胸脯，然后双手抓住自己的头发，痛苦地呻吟着，"为什么？为什么事情会变成这样！"

娘一把将顺子的头搂进自己怀里，用手抚摸着他那粗硬茂密的黑发，泪水从脸上缓缓流了下来。

　　初七一大早，刘顺子就起来了，木呆呆坐着。明天就是初八，他情绪沮丧到了极点。不一会儿长锁来了，见两位老人死死盯着顺子，不让他出门，就对顺子说："收拾东西，明天一早我们走。我知道你不愿看到闰月结婚那一幕，干脆一走了之，眼不见心不烦。等你将来挣了大钱当了老板，让闰月后悔死。"

　　长锁说着给顺子使了个眼色，顺子往出送长锁，长锁凑在顺子耳边悄悄说了句什么，就走了。

　　长锁走后，刘顺子急得像热锅上的蚂蚁，在房间来回转圈圈。爹和娘眼巴巴瞅着他，不让他出门。他对娘说要到村代销点买东西，为明天走做准备。娘说："顺子，你可不能做傻事。"顺子说："娘，都这样了，我还能做什么？你就把心放肚子里吧。我一小会儿就回来。"顺子娘勉强同意了。

　　刘顺子出了门，急匆匆向代销点走去，回头见娘没有跟出来，转身向老庄洼村奔去。

　　老庄洼村和他们村紧挨着，相距没几里。他没觉察就到了闰月家的草垛旁。他怕引起别人注意，就贼似的蹲在草垛低洼处等着闰月。他不知闰月为啥突然约他到她家草垛来。是不是她回心转意了，要和他一起私奔？想到这儿，刘顺子那颗原本绝望了的心又激动紧张得怦怦直跳。他蹲了大约有半个时辰，终于看见闰月穿着一件红底蓝花棉袄，头发像小媳妇那样向后绾了起来，打扮得漂漂亮亮，手里提个草筐向草垛走来，像要

地椒花开的声音

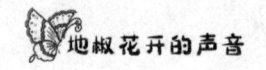

到草垛来提草喂牲口。

刘顺子急忙猫着腰躲起来。

走进草垛子,闰月放下筐子,四下看了看,压低嗓音喊:"顺子哥——"顺子从她身后钻出来,双手猛地拦腰将她抱住。闰月转身看见刘顺子,一头扎进他怀里,两人便倒进了草垛子里。

"闰月,你找我来,是不是改变主意了?"刘顺子顾不得亲热,急切地问闰月。

"什么也别说。"闰月嘴里呢喃着,她直奔主题,迫不及待地和刘顺子亲热起来,并在他所有露肉的地方死命亲着。渐渐激起了刘顺子的反应,他不顾一切地抱着闰月,两人翻滚在草垛里,搅动得糜草纷纷扬扬漫天飘舞。两人又亲又啃很长时间。闰月一把拉住刘顺子,说:"顺子哥,我要把自己给你。你不是想要我吗?现在就要吧。"说着,急促地动手解自己身上的扣子。

"闰月!"刘顺子一把捉住闰月的双手,眼睛定定地看着她说,"什么意思?"

"我们好了一场,在我结婚之前,我要把自己给你。"

"你是说,你主意没变?"

"无法改变了。"

"为什么要答应他?你告诉我!"

"还是别说了,说也没用。"闰月挣脱双手,又开始解扣子。

闰　月

"不！你必须告诉我。"刘顺子又捉住她的两只手。

"我为了他家的钱。"闰月无奈地说。

"我不相信，你不是那样的人。"

"可事实就是这样的。"闰月笑了，笑得很古怪。

"你……"刘顺子怎么也不相信地望着闰月。

"来吧，顺子哥，那晚你不是想要我吗？"

刘顺子伤感地望着闰月那狂野的、不顾一切的表情，他那颗热血沸腾的心凉了半截。既然你要嫁的人不是我，我怎么能和你做那事？我爱你、珍惜你，我就不能糟践你，我和你发生了那事，你想过以后的生活吗？刘顺子在心里对闰月说着这番话。

"闰月，眼下我不能和你那么做。你还是跟我走吧，你不能这么狠心！你就是我的全部，现在你不要我了，你叫我以后怎么活？"刘顺子双手捉住闰月的手哀求说，祈求的眼神含着绝望，慢慢地，有两行眼泪顺着他那又黑又瘦的脸颊流下来，滴在闰月的手上。

闰月伤心欲绝地摇摇头。刘顺子脸色陡然变成了青紫色，他又急又气，一把甩开闰月的双手，一时间，疑问、伤楚、哀婉、愤怒充塞了他的心。他眼里的闰月不是这样的，她怎么变得这么无情又执拗？

"下辈子吧，这辈子欠你的情，我下辈子还你。"闰月强忍着极度的痛苦，泪流满面，又一把抱住刘顺子，想最后再

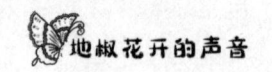

抱他一下，刘顺子却一把将她推开。

闰月转过身，伤心地用手捂住脸，走了。

11

闰月还没走出几步，刘顺子又从身后一把将她抱住，发狠地哽咽着说："你不说原因是不？今晚我就死给你看，我不活了！"闰月全身一颤，转过身来，看见刘顺子那张脸泪水纵横，便忍不住一把将他抱住，两人放声痛哭起来。

许久，他们才渐渐平静下来。闰月不得不把家里发生的事前前后后告诉了刘顺子。

刘顺子听着，眼泪扑簌簌掉了下来，从沾着草的脸颊上一颗颗淌下。他心爱的人遭受这么大痛苦，他竟全然不知，他心里揪着疼。

他紧紧握住闰月的双手，替她擦了擦眼角的泪，说："这么大的事，你为什么不告诉我？"

"给你说有啥用？你哪有那么多钱？"

"我已经挣了三千多块，我们还可以想别的办法。大不了我再打几年工就挣够了。你为什么要一个人顶着？为什么要那么傻答应他？"

"你挣那点儿钱能顶什么？你娘看病还要钱呢，难道你让我一嫁过来就拖累你？"

"我们是什么关系？我们可说好了要相守一辈子，有福同享、有难同当，要做夫妻的呀！"

"现在说什么都晚了，我既然答应做他老婆，就不能食言。顺子哥，你走吧，再别回来了。"

……

刘顺子走了，怀着一颗痛苦破碎的心走了。

他情绪一落千丈，犹如一棵遭受了霜冻的秧苗，一蹶不振。一想到闰月离开了他，他就越加看不起自己。作为一个男人，竟没有能力拯救自己心爱的女人，活着还有什么意思？他痛恨自己这样活着。

他明显瘦了，头发也无心去理，凌乱不堪地覆盖在额前。两只眼睛时时流露出一种空洞、一种绝望、一种不知所措。他感觉自己像沉入一个深不见底的黑洞，在半死不活地挣扎着。闰月成了别人的老婆，他的奋斗变得毫无意义。他开始自暴自弃，和工友们喝酒、抽烟、打牌，有时喝得烂醉，第二天早晨干活儿起不来，老板就扣了他的工钱。

一天，和他一起干活儿的工友王祥和知道了刘顺子的事，对刘顺子说："伙计，想开点儿，这世界就这样，有钱人处处占先，我们争不过。还是要努力让自己变成有钱人，才能改变我们的命运。开心点儿，晚上哥们儿带你去个地方，让你开开眼。只要有钱，女人嘛，有的是。"

晚上，王祥和硬拉着刘顺子来到一个酒吧，要了一个包间，找了两个小姐陪他俩，一边喝酒，一边唱歌。两个小姐都打扮

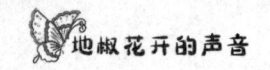

得十分妖艳，尤其那嘴唇，被口红涂抹得猩红猩红，看着让人发晕。刘顺子觉得那不是嘴唇了，是什么他一下子也形容不出来。王祥和则跟小姐打情骂俏。看来，他经常光顾这里。刘顺子则不同，小姐紧挨着他一坐，自然地将胳膊搭在他脖子上，他便一下子拘谨得满脸通红。

"哟，这位小哥看来好腼腆，是个雏儿吧？来，小妹我陪你好好玩玩。"小姐伸出细白柔嫩的手指挑逗地摸了下刘顺子通红的脸，然后将那猩红的嘴唇向刘顺子贴过来。

刘顺子厌恶地躲开，他一把攥住小姐那只手腕，小姐立马疼得叫起来。

"说，为什么要干这个？"刘顺子厉声问。

"你放开我嘛。"小姐娇嗔地扭动着身子。刘顺子放开了她。她揉了揉被刘顺子捏疼的手腕，说："为了挣钱嘛，还能为什么？我弟患了白血病,没钱治病,我爹就把我送到这里了。"

刘顺子厌恶的目光一下变成了怜悯，他看了看这灯红酒绿的包间，觉得心里堵得难受。瞥了一眼王祥和，见他一只手正抚摸着小姐的大腿。刘顺子再也坐不住了，"噌"地站起来冲出包间。

从酒吧出来，刘顺子在昏暗的路灯下走着，只觉得胸口憋闷难受，便站在路旁一棵大树下喘了会儿气。他早听工友们说笑，说只要有钱，广州这座开放城市可以随便找女人。他以为他们在开玩笑，看来这一切都是真的。刘顺子耷拉着头深一脚浅一脚走着，情绪落寞。唉，女人，女人真是可怜！闰月也可怜，如果不是她兄弟惹下事，她咋能扔下他，嫁给自己不喜欢的人呢？

12

长锁眼看顺子心灰意冷，日渐消瘦，提不起一点儿精神，就想这小子再这样下去恐怕就完了，得想个办法。

包工头蒋老板的侄女秀珠那么喜欢他，一有时间就赖在他那里，可他却视而不见。如果能让这两人对上眼，那样，顺子就会慢慢忘了闰月的。

一天，当秀珠噘着嘴困惑不解地从刘顺子住的工棚出来时，长锁就悄悄拉她到一拐角处问："你是不是喜欢顺子？"秀珠不好意思地点点头。"那我给你出个主意，叫你叔给顺子换个轻松点儿的活儿，这样他不就对你另眼相看了？"秀珠惊喜地说："我怎么没想到呢！""你个猪脑子！"

结果，没过多久，刘顺子就被安排在工地管发料，活儿既轻松又挣钱，再也不用干重体力活儿了。刘顺子知道是秀珠帮了忙，心里很感激。一天下工后，刘顺子请秀珠看电影，秀珠高兴地答应了。秀珠回去精心打扮了一番，画了眉，又涂了口红，穿得整整齐齐来找刘顺子。当时刘顺子正在工棚里，秀珠一阵风旋进来，兴冲冲地对刘顺子妩媚一笑说："走吧！"

刘顺子瞥了一眼秀珠，皱皱眉，不屑地嘲讽说："看你，

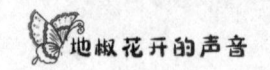

那嘴抹得像吃了死娃娃似的,真难看。""你……"秀珠一下气得说不出话来。"可人家以为你喜欢嘛。"秀珠委屈得泪花满眼眶里转。

"好了,快走吧!"当时长锁正在旁边,就把刘顺子推出了工棚。

电影是《魂断蓝桥》。两人看完电影后,走在烁烁闪光的马路上。秀珠对刘顺子说:"那个女主人公真可怜,以为男朋友死了,为了生存又跟了别人,结果男朋友又回来了,自己无法面对就自杀了。"

"唉——"顺子叹息一声,忧郁的目光空洞地望着前方。

"顺子哥,你是不是还忘不了你以前的女朋友?我听长锁说,人家都结婚了,你何必这么苦着自己!"

刘顺子耷拉着头,一言不发。

"顺子哥,你为什么不喜欢我?我可喜欢你了,我叔也喜欢你。"

刘顺子站住了,眼睛怔怔地看着秀珠。看得秀珠脸红了,低下头。

"秀珠,谢谢你,谢谢你让你叔给我换工作,真的是很感谢你。"

"顺子哥,你是不是嫌我腿有点儿罗圈?我妈生我时没奶水,我缺了钙,所以腿就罗圈了。"秀珠自顾自地说,像没听见刘顺子说的话。

刘顺子笑了,他上前拍拍秀珠的头说:"傻瓜,我喜欢你。"

"真的?你喜欢我?"秀珠惊喜地睁圆了双眼。

刘顺子点点头:"喜欢,像妹妹一样喜欢。"

"什么意思?"头脑简单的秀珠一下没反应过来,"就是说,不能像女朋友那样喜欢了,是不是?"

刘顺子点点头。

秀珠一下子像泄了气的皮球,低垂着头走路,不再吭声了。她噘着嘴,失望使她眼里盈满了泪水。

我为什么会爱上他呢?秀珠问自己。连自己也说不清,喜欢就是喜欢嘛。也许就是那次,当秀珠问刘顺子为什么出来打工时,刘顺子当时拙朴憨厚地一笑说:"为了给我们家箍几孔新砖窑,改变祖辈住土窑洞的历史。"秀珠说:"就为这个?""当然还要娶个自己心爱的女人。"刘顺子说着,不经意间瞟了秀珠一眼。不知为什么,秀珠脸红了,心一阵急跳,仿佛要跳出胸口。从那刻起,秀珠的眼前总晃动着刘顺子憨厚的笑,她就不可救药地爱上了他。

爱上一个人往往在一瞬间,可能就是对方一个眼神、一个动作,或不经意间一句话,可要忘掉一个人咋就这么难呢?

刘顺子看着垂头丧气的秀珠,便笑了笑,从后面走上来伸出一只胳膊搂住她,也不看她,一起向前走去。

过了段时间,长锁就问秀珠进展如何。秀珠对长锁说:"他

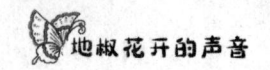

说只能像妹妹一样喜欢我。"长锁便骂秀珠:"你个笨蛋,你就不能主动点儿?"秀珠有些不解地看着长锁。长锁把嘴噘起来,仿佛面前站个人,"叭"的一声,做了个亲嘴的动作,说:"还可以有更进一步的动作嘛,我就不信他不动心,再坚定的男人也经不住女人诱惑。你没听人说吗?男追女隔堵墙,女追男只隔层纱。"秀珠便红着脸说:"那咋行?还不臊死人!"长锁说:"有什么好臊的,难道你不希望他亲你?""当然想了!"秀珠脱口而出,又立即用手捂住嘴,惊慌地瞪着长锁,随即羞得转身跑了。长锁哈哈哈笑起来。

13

转眼夏天到了。一天,刘顺子请了半天假,说要到邮局给家里寄钱,秀珠也嚷着要去,说她也有事要办。"去吧,去吧!"蒋老板就放了他俩的假,说办完事好好玩玩,不用急着回来。其用意不言而喻。长锁便诡秘地向秀珠挤挤眼,秀珠不好意思地装作没看见,急急跟在刘顺子身后走了。

到了邮局,刘顺子很仔细地写好地址,将两千块钱还有他事先写好的信寄出。办完事后,两人坐在邮局大厅的椅子上,看着来来往往的人发呆。刘顺子脑子里还想着信里说的话,他叫娘不要再攒钱了,用这些钱买些药,好好看病。另外,再给妹妹小英买件红色的防寒服,小英早就想要件防寒服了,爹娘一直都舍不得给她买。至于他的婚事,他近几年暂时不考虑,

闰　月

一是没这份心情，二是想等积攒些钱再说。因为妹妹上次来信说，娘正在张罗着给他说媳妇，如果能说成，明年二三月就把婚事办了，说他不小了，二十六岁，在他们那里属于大龄青年了。

可刘顺子对结婚提不起半点儿兴致，找一个自己毫无感觉的女人过日子又有什么意思呢？如果那样的话，秀珠这么依恋他，只要他愿意，立马就能带她回家，她也肯定不会拒绝。

不会了，除了闰月，他不知道自己还能对哪个女人动心。闰月已将他的全部感情带走，他的感情之水已被抽空，成了一眼枯井。

"顺子哥，我俩去公园吧。"秀珠对旁边沉默不语的刘顺子说。

"去公园干什么？"刘顺子回过神来问。

"去玩嘛。"

"好，那就去吧。"刘顺子情绪不高地敷衍说。于是两人走出邮局，慢腾腾向附近一公园走去。

进了公园，见游人很多，三个一伙五个一群的，特别是一对对情侣坐在湖畔卿卿我我，窃窃私语，有的还在假山后面偷偷亲吻。秀珠羡慕地望着他们，她转身瞥了一眼刘顺子，想起长锁说的要她主动亲吻的事，不由得脸红了。她看见刘顺子心不在焉地望着湖畔的一个亭子，就说："顺子哥，我们也到湖边去。"她大胆地拉住刘顺子一只手，牵着他来到湖边。

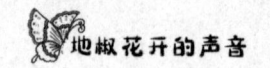

湖水清澈,被微风吹拂着,一波一波的细浪欢快地涌过来,潮湿清新的空气扑面而来,使人禁不住想深呼吸。"啊,真好!"秀珠叹道。两人坐下,秀珠紧紧挨着刘顺子,两只胳膊不经意间搂住刘顺子一只胳膊。秀珠偷偷看了眼刘顺子,见他没什么反应,就大胆地将头靠在刘顺子肩膀上,沉醉地闭上了眼。

刘顺子扭头看了看秀珠,目光又回到碧绿的湖水上。两人就这么静静地坐着。

过了很久,秀珠睁开眼睛,见刘顺子仍木偶一样坐着,不说话,也不动,思绪不知跑到哪里去了,就失望并生气地放开他的胳膊,猛地站起身走了。

她快速穿过一条林荫小道,刘顺子从后面追上来。

"秀珠,你要到哪里去?"

秀珠不理他,依旧低头快速走着。刘顺子追过来一把拉住秀珠。秀珠回过头来,刘顺子吃了一惊。

"秀珠,你这是咋了?"见秀珠那张脸被泪水浸得一塌糊涂,两眼饱含绝望。她哽咽着,仿佛遭受了天大的委屈。

"你到底咋了?说给我听啊!"刘顺子双手捧住秀珠的脸,着急地问。

"你……你不是人,是木头。"

"我?!"刘顺子吃惊而困惑。

"你……你就不能亲……亲亲我?"

刘顺子这下明白了秀珠的委屈。他用手擦擦秀珠脸上的泪，好气又好笑地把她拉到林荫道旁的椅子上坐下。沉默了一会儿，他扭头看了一眼仍在抽噎的秀珠，叹口气说："秀珠，你对哥的好哥心里明白，可哥不能那么做。如果那么做，不就是成心欺负你吗？"

"你心里还是忘不了原来的女朋友，所以，才找这样的借口。"秀珠一边擦泪，一边赌气地背过身去。

"你说对了，这辈子恐怕没法忘了。她背叛了我，可那种背叛是无奈之举啊！"刘顺子叹息道，"不知她怎样了，过得好不好？"

秀珠"噌"地站起来："你就一辈子过想她的日子吧，我走了。"

"秀珠，你坐下，我话还没说完。"刘顺子一把拉住秀珠，"我答应你，以后我们慢慢相处，培养感情，你看行不行？"秀珠泪眼婆娑地望着他，似乎不相信他说的话。

"相处久了，说不定我会对你有感觉呢！"

"你是说，你同意和我交往？"

刘顺子点点头。

"我要等到哪一年呢？"

刘顺子想了想，下了决心说："你等我两年！"

"两年到了呢？"

"两年到了，如果我对你有了感觉，那我们就结婚；如果没有，就当我们谈了两年恋爱。"

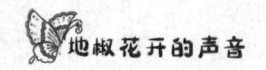

"感觉是什么呢?"秀珠困惑不解地问。

"感觉嘛……感觉就是见了对方就会心跳,周身有一股麻酥酥的感觉,酥软甜蜜,很奇妙!"刘顺子给秀珠解释。

"不嘛,没感觉你也要答应和我结婚。"

"可是没感觉怎么会幸福呢?秀珠,我不能骗你。"

"我会努力的,到时你一定会喜欢我。"秀珠信心百倍地说。

"这就对了,一言为定。"刘顺子举起右手,两人击掌为约。

"一言为定。"秀珠破涕为笑。

14

闰月自从正月初八和王彪成亲后,就一心一意、死心塌地地和王彪过日子,不再想其他。

不久,王彪回他舅的建筑队去了。但他三天两头往家跑,不安心在建筑队干。一次,王彪酒喝得醉醺醺地回到家,突然用手指着闰月说:"你个贱货!你说,结婚头天,你跟谁见面了?"

"你胡说什么?"闰月脸色变了。

"你……你……村里王四本跟我说,结婚头一天,他看见你和刘家峁的刘顺子从你家草垛里走出来。你俩钻进草垛干什么了?"

"他见鬼了,别听他胡说。"

闰　月

"你……你还骗我！"王彪一个巴掌抡过来，闰月脸上便留下五个红印子。

"干什么你？"闰月用手捂着脸，瞪着王彪。

"怪不得那天我过去送东西找不见你，原来你和他约会去了，还钻进草垛干见不得人的事。结婚头天，你还在和他幽会，你心里根本就没我，没有我！"王彪大声喊着，看上去伤心极了。他上前一把揪住闰月的头发，摇晃着说："你和他一共干那事有几次？说！"

闰月咬着牙不说话。王彪就是一顿拳打脚踢。

本来，自从和王彪结婚后，闰月决心好好跟他过日子，毕竟她家花了支书那么多钱。但王彪的疑心太重了，自从王四本给他说了那事后，他就经常逼问闰月和刘顺子是不是睡过了。闰月知道就是有也不能承认，更别说没有。她知道他的为人，心眼小，嫉妒心强，又心狠手辣。看来，该发生的还是躲不过。

以后，只要王彪一喝酒，无论是醉还是不醉，都找借口打闰月，逼她承认和刘顺子有那事。王彪扬言说，如果有那事，他就会杀了刘顺子，闰月知道他能干出来。

每次酒醒后，看着鼻青脸肿的闰月，王彪就在闰月面前痛哭流涕，说他再也不打闰月了，他就是太喜欢她，所以才不能忍受她和以前的男朋友有那事。

支书王德乾见儿子经常打媳妇，左邻右舍的议论也传到他耳朵里。作为支书，他经常给别人家调解矛盾，自己儿子这样，

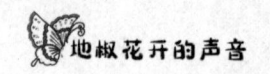

他觉得很没面子,再加上娶这个媳妇是花了大价钱的。说老实话,替闰月家出那两万块钱,王德乾至今想起都心疼着呢,还不是为了儿子。可这家伙却不好好和媳妇过日子。

一天,王德乾把王彪叫到家里问:"你为什么常打你媳妇?"

"哪有这事?你听谁说的?"王彪竟然不承认。

"闲话都传到老子耳朵了,你还狡辩?"

"我只是叫她老实点儿。"

"她怎么不老实了?"

"她……她和原来的男朋友,他们……"王彪结巴了。

"结婚后他们还见面吗?"王德乾见儿子吞吞吐吐就问。

"那倒没有。"

"那你为什么打她?你原来不知道人家有过对象吗?"

"这……"

"当初是你非她不娶,老子花了那么多钱,你当那钱是刮风逮的?现在你不好好和她过,一个大男人这么小肚鸡肠。再看见你打她,老子饶不了你!"

可说归说,王德乾虽然给儿子下了狠话,但王彪一喝醉就失去了理智,一切又变成了原样。

结婚后第一个月,闰月那钟摆似的月经就没来,她怀孕了。本来这是一件令人高兴的事,但王彪看上去没有丝毫高兴的样子。一次,他满腹狐疑地用手指着闰月的肚子说:"说不定这肚子里的孩子也是野种。"

"你胡说！"闰月一听气坏了。

"紧张什么？我只是怀疑。"王彪死死盯着闰月，观察她的表情。

"如果生下来不像我，我就掐死他。"王彪恶狠狠地说。

"好，你就掐死他，你现在就打掉他更好！"闰月便气得不顾一切将肚子挺到王彪面前让他打。

"你以为我不敢？"王彪攥紧拳头，但他又阴冷地一笑，松开了拳头，"我还要看他像不像我，如果不像，就证明是你俩的，你不承认也白搭，那时我会到他打工的地方找到他，然后把他干掉。"

闰月听着，看着王彪那恶毒的眼神，心就一直往下沉，仿佛沉入冰窖里，一阵阵地打着冷战。

他为什么会觉得孩子不是他的呢？闰月知道，结婚前一天她和刘顺子见面了，而且从草垛子里出来，所以结婚那个月是哪天有的孩子，就很难分清楚，症结就在这里。

只有闰月心里清楚，她和刘顺子什么事也没发生。

可是王彪怎能相信呢？何况他天生就是个小心眼、疑心重的人。

错就错在她不该临出嫁前一天约见刘顺子，不该那么急切地想把自己给他。她想把自己欠他的那份情还他，毕竟相好那么多年，她是那么爱他，她不甘心啊！

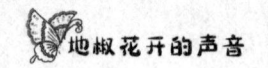

闰月知道，就是她全身长满嘴也说不清了。

15

六月的一个下午，王彪喝醉酒开车回村，结果稀里糊涂和对面过来的一辆货车相撞。他被人从驾驶室拉出来时，满脸是血，脸和头部都受了伤。在医院住了半个多月，额头上留下块深深的疤痕。他干脆不去建筑队了，回到了村里。

王德乾又给儿子在大队部开了个代销点，经营小百货。其实生意很不错，可他不好好干。自从发生车祸后，他脾气愈加暴躁，动不动就发脾气，而且变得不可理喻，经常找碴打闰月。

闰月整天小心谨慎，如履薄冰。

"你看看，我额头这块疤，是你造成的。"一次吃过饭，王彪无意间从镜子里看到额头那块疤。

"谁让你喝酒开车。"闰月反驳。

"是你让我喝的，你让老子心情不好喝酒，知道吗？"

"你……"

"这是我娶你的下场，脸破了相，是你带给我的灾难。你是个克夫的丧门星。"

"那好，我们分开吧。"

"分开？"王彪冷笑一声，"先让你兄弟还来那两万块钱再说。还不来，你想也别想。怎么？离开我想去找那小子？门也没有，除非我死了！"王彪一把抓住闰月的一只胳膊，恶狠狠地说。

"你……放开我！"

"是不是又想他了？又想和他钻草垛子？你个贱货！"王彪一拳就把闰月打倒在地。

一天，小海来看闰月，见姐姐挺着大肚子被姐夫打得一只眼睛青着，便"噌"地站起来要到门市找王彪算账。闰月一把拉住他说："你不要惹事了。"

小海懊悔地说："姐，是我对不起你，如果当初我不惹下事，你也不会变成这样，是我害了你。"

闰月摇摇头，她感觉弟弟懂事了。

小海掏出一沓钱说："我已攒了一千多块，姐，这钱你拿着还王彪。攒一点儿还他一点儿。如还不上，我出去打工。等还了钱，看他还有啥借口再打你。"

"你不能走。娘有病，爹身子一年不如一年，你走了，谁管他们？钱你拿着，给娘买药。姐没事，你不用担心。"

"唉——"小海狠狠地砸了自己大腿一拳。

风言风语传进了闰月娘耳朵，说女婿对闰月不好，经常打闰月。闰月娘不放心闺女，到女婿家来看女儿。正巧碰见王彪喝醉了打闰月，见女儿满脸是血，闰月娘一急扑上去护闺女，被王彪一把推开摔倒在地。闰月娘连气带摔心脏病犯了，睡在炕上起不来。

想当初闺女就不愿意这门亲事，是她和老头子为救儿子舍

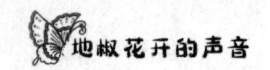

了闺女的幸福。现在闺女整天挨打受气，闰月娘越想越后悔，越后悔心就越不宽，心不宽病就越严重。闰月挺个大肚子过来伺候了娘两天，被王彪黑着脸叫回去了。一进家，王彪就手指着闰月的鼻子尖瞪眼珠子："你娘重要，老子不重要？老子在家饭都吃不上，你知道不？""我娘命当紧，还是你吃饭当紧？"闰月气急顶了一句。"当然是我吃饭当紧。""你个不通人性的畜生！""啪——"王彪上去就扇了闰月一耳光。"让你给老子犟！不准你再去！"一巴掌把闰月打得坐在地上，半天爬不起来。王彪恶狠狠地说："老子不当紧？老子现在变丑了，你看不上了，是不是？"

那天夜里，闰月娘一口气没上来，就走了。

闰月哭天抢地，后悔得要死，娘咽气时她没能在跟前，她恨死王彪了。她不吃不喝，在娘的灵前整整哭了两天两夜，尽情地哭，凄惨的哭声断断续续，直哭得晕了过去。村人听了无不唏嘘，说闰月在婆家过得不宽心，经常受男人打骂。支书家倒是有钱，有钱又能怎样？

娘埋了后，闰月一下睡倒了，变得憔悴不堪，就像自己也死过了一回。一个月后，才渐渐恢复了元气。

16

九月，闰月生下个男孩。王彪没有一丝初为人父的喜悦，那双眼阴沉沉地在孩子脸上打量着。倒是闰月自从做了母亲，心变得踏实而宁静,决心好好抚养孩子。有时,她看着孩子那张粉嘟嘟的小脸,浓浓的母爱就充满了她的心。

一天,王彪一身酒气回来,身后跟着本村的王四本,他"噌"地掀掉孩子的被子,醉醺醺地用手指着正在睡觉的儿子对王四本说:"你看,他像不像我?"当时闰月在院子里干活儿。王四本不错眼珠地盯着孩子,不由自主地摇了摇头。"你说他像谁?像不像姓刘那小子?"王四本疑惑地眨着眼又摇了摇头。王彪把孩子从被窝里抱出来,双手递到王四本面前让他好好看看。孩子受了惊吓,尖厉地哭起来。闰月跑进来一把夺过孩子惊恐地说:"你要干什么?"

王彪摇晃着脑袋说:"我看这孽子不像我,我要把他卖了。"

闰月呆了。"王四本!"闰月厉声说,"你要再给王彪嚼舌根,当心你舌头生疮烂掉!"王四本也喝了酒,脸通红。他心虚地斜了闰月一眼,急忙转身拉王彪出去了。

闰月紧紧搂着孩子,泪如雨下。

怎么办?在她眼里,王彪现在都快成疯子了,疑心病使他连自己的孩子都不认得。她觉得实在无法和他过下去了。孩子长得像她,一点儿也不像王彪,所以他越来越怀疑孩子不是他的。他心理完全变态了。他的动作行为荒谬,像个精神病人,常常鬼鬼祟祟地观察孩子的一举一动。有一次,他把孩子倒提起来,吓得孩子哇哇大哭,他却狰狞地咧着嘴笑。闰月整天提

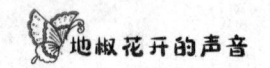

心吊胆守护着孩子,生怕有个闪失。和这种人生活在一起,闰月要多绝望有多绝望。

　　闰月心里不止一次地想,她要离婚,不和他过了。如果顺子哥回来,他还不嫌弃她,还要她,她就和他一起过。至于儿子,她也不会留给王彪。他那种人,就不配有儿子。但闰月心里明白,这是不可能的,王彪是不会和她离婚的。退一步说,就是还了那两万块钱,王彪也不会放过她。她曾想过抱着孩子偷偷去找刘顺子,可又怕连累刘顺子,王彪是什么事都能干出来的。再说刘顺子就是还要她,她也不能有这个想法了。自己已成二婚,还带着孩子,刘顺子还没结婚呢,凭什么娶个二婚还带个"拖油瓶"的女人?闰月阻止不了自己胡思乱想,她用深埋在心底的这个不切实际的幻想支撑着艰难度日。

　　一次,王德乾过来看孙子,见王彪拉着孩子的脚脖子倒拖着在院子里走。孩子死命地哭,他像没听见,一边还咧嘴笑。闰月被锁在房子出不来,哭喊着拼命敲门。王德乾上去就扇了儿子两个耳光,一把将孙子抱起。

　　"没有人性的东西!你为什么这么做?"

　　"这孽子不是我的。"

　　"你放屁!"王德乾气得大骂,"你纯粹鬼迷了心窍!"

　　"别生气,我和他闹着玩呢。"见老子动了肝火,王彪心虚地解释。

　　"有你这么玩的吗?"王德乾愤怒地瞪着儿子,他心疼孙

闰　月

子，擦着孙子的眼泪。他为自己管不了儿子而悲哀，自己的儿子迟早会把这个家毁了。

"你再对我孙子这样，滚出这个家别回来了！"王德乾大发雷霆，气得下巴不停地哆嗦着。

从家出来，王彪又到了酒馆，叫来他的酒肉朋友王四本和郝三喝酒。

"我说兄弟，你悠着点儿喝，天天这样醉，也不是个事。"郝三见王彪猛喝，一把夺过王彪手里的酒瓶。

王彪又一把夺了过来，给自己满满倒了一杯。"我心里难受，这里憋。"他用手指指自己的心窝，"一想到那孩子可能不是我的，这心就憋得要爆炸，我痛苦啊！"

"如果你怀疑孩子不是你的，听说到医院化验血能证明。"郝三说。

"到医院化验？我可丢不起那个人。如果真不是我的，那我还不被世人耻笑死？"王彪说着，又大大灌了一口，自顾自地说。

王四本和郝三听王彪这么一说，都沉默了，一口接一口喝着酒。

"知道我为什么喜欢闰月吗？"王彪问他俩。

王四本说："那还用说，长得俊嘛。"

"我就喜欢她那双眼睛，那双眼使人想起一汪平静的湖水，清澈见底。只要她用那双明镜似的眼睛向我一望，我就会

147

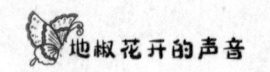

一阵心跳,那心跳的感觉很奇妙。"王彪又喝了口酒,笑了。

"你们不知道,我有多喜欢她啊!当她还是个小姑娘,扎着一根小辫子时,我就喜欢上她了,你们说奇怪不?可是她从来就没喜欢过我,总是躲着我。我知道她看不上我。记得小时候有一次放学回家,遇到了洪水,她硬让刘疤瘌背她过沟,也不让我背。我当时就想,等着看吧,等我将来长大了,一定要把她娶过门,做我的媳妇。"

"我当兵回来后,听说她和刘家崩姓刘那小子谈恋爱,我这心就跟猫抓似的难受。还好,后来姓刘那小子到外地打工走了,我想机会来了。"

王彪又灌了口酒。

"别喝了。"王四本想夺他的酒杯,但王彪紧抓着不放。"听我说,我只动了点儿小心思,她就乖乖成了我的媳妇。"

"你动了什么心思?"郝三问。

王彪睁着一双被酒精烧得通红的眼睛嘿嘿傻笑着:"其实小海喝醉酒根本就没砍伤王老虎,只伤了王老虎胳膊上的一层皮。"

"那派出所为啥把小海带走了?"郝三奇怪地问。

"那都是我事先让王老虎安排好的。我到派出所叫的人,说杨小海把王老虎的饭馆砸了,还把王老虎胳膊砍伤了。他们就把他带走了。"

"瞎说,他们就那么听你的话?"郝三不相信地摇着头,

闰　月

"我说你杀人了，叫派出所来抓你，无凭无据，他们会抓吗？"

"现场我都布置好了，造假你不会？再说派出所小李是我铁哥们儿，我说不拿钱就关着那小子别放。傻小子根本就没看他是不是砍伤了王老虎，稀里糊涂就到派出所去了。"

"那两万块钱给了王老虎？"王四本问。

"当然没。赔过王老虎馆子的损失，大部分我都喝酒了。要不，我天天请你们，哪儿来的钱？"

"为得到自己喜欢的女人，动点儿心思也不算错。"郝三说。

王彪又喝了一口酒说："娶到她，我很高兴，觉得自己过上了天堂般的日子。可自从四本跟我说，结婚头天他还看见闰月和姓刘那小子偷偷见面，两人从她家草垛子里出来。我就想，我太傻了。"

"我开始怀疑这孩子不是我的。"

"行了，别说了。"王四本看着痛苦的王彪，才意识到自己说了不该说的话。

"我一想到她和我结婚头天还在跟那小子偷情，心里就嫉妒得要发疯，就想喝酒。一喝醉我就打她，有时候没醉，我也想打她。我就这么折磨她，只有这样，我心里才好受些。"

"你们等着看吧。"王彪索性拿起酒瓶子往嘴里灌，王四本一把夺过酒瓶子。王彪迷迷瞪瞪咧着嘴难看地哭起来，额头上那块疤痕越发显眼。

"我……我是不会放过姓刘那小子的。"他说着，趴在桌

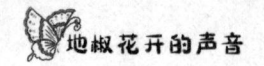

子上不动了。

　　　　　　　　　17

　　山坡上的糜子黄了又绿，绿了又黄，刘顺子回来了。

　　不过，这次不是他一个人回来，身后还跟着个人，那人就是秀珠。

　　这次回来，刘顺子不准备再走了。他得了一笔钱，这笔钱得的有些离奇，但绝对不是非法所得。谁听了得这笔钱的来历都会惊得合不拢嘴。

　　刘顺子在那家工地干活儿时，投资修建这座大楼的公司总裁到工地视察工作。那天，总裁一行人正站在工地上听工程技术人员介绍情况。谁也没料到，危险即将来临。一块被吊到半空中的楼板猛然间剧烈晃动起来。当时，那块楼板正悬在这群人上空。刘顺子正在旁边，他一看情况不妙，就大喊了一声："危险！快躲开！"众人一惊，本能地向四周散开。总裁上了年纪，一下被这个场面惊呆了，站在原地没动。刘顺子跃上前去，一把将他推开。眨眼工夫，钢丝绳断裂，楼板砸了下来，地上卷起一股黄尘。众人惊出一身冷汗，纷纷围上来，见总裁从地上爬起安然无恙，大家才松了口气。刘顺子被楼板砸在地上弹起的一块砖头砸伤了右腿，鲜血直流，当时被送进了医院。还好，没伤到骨头，住院没几天就出来了。总裁非常感谢和赏识刘顺子，说如果不是他及时发现危险，眼疾手快，后果不堪设想。随即叫财务给他两万块作为奖励,又把他从工地调到公司管库房,并给他涨了工资。

刘顺子完全可以留下,那么好的工作,又涨了工资,但他却回来了。别人都不理解,只有刘顺子心里知道自己为什么要回来。

刘顺子准备用这笔钱在乡镇街道上开个饭馆。

至于秀珠,刘顺子本来不让她来,但秀珠死缠硬磨跟来了。虽然相处了近两年,刘顺子对秀珠还是没啥感觉。不过,也只好这样了,既然她不顾一切跟来了,他就不能再伤她的心,她是个心地善良的姑娘。再说,有没有爱情又能怎样?一辈子稀里糊涂、生儿育女也就这么打发日子了。人世间不是所有的夫妻都有爱情的,日子还不照样过?在外闯荡了几年,刘顺子似乎也看开了。

世上的事哪能事事如愿呢?刘顺子有时悲哀地想,他再也不可能像爱闰月那样爱一个女人了。

秀珠爱他,弱水三千,她只取一瓢饮。她赖上了他,如果他一直不结婚,她就一直愿意等。她知道自己这么做很傻,但没办法,谁让她爱他呢!尽管刘顺子走时玩了个悄悄失踪的把戏,秀珠还是偷偷跟踪他上了火车,快到家时他才发现了她,他也不好再撵她走了。

秀珠说要和刘顺子合伙开饭馆。

这两年,刘顺子也间断听到一些关于闰月的情况,说男人

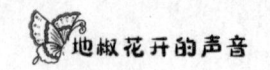

对她不好，经常喝醉酒打她。听到这些，刘顺子心里就很不是滋味，时时牵挂闰月，而且经常做噩梦。一次，他梦见闰月被男人打得浑身是血，坐在一辆三轮车上，不知要到哪里去。他拼命追赶那辆开走的三轮车，喊着闰月的名字。可闰月坐在车上，用哀怨的目光注视着他，对他的喊声无动于衷，仿佛没听见。他眼睁睁地看着她越走越远，消失在视野里……他知道闰月现在已成了别人的老婆，他再这么牵挂着就说不过去了，别人会认为他脑子有病。但他回来离她近点儿，知道她这个人在这里，他那颗像浮云一样飘忽不定的心才会踏实下来。

刘顺子的饭馆开张那天热闹非凡，左邻右舍、亲朋好友都来祝贺。就在那天，闰月的孩子却突然不见了。一看孩子不见了，闰月当时头"嗡"的一下就大了，她知道这肯定是王彪搞的鬼。

前几天王彪不知听谁说刘顺子回来了，要在乡镇街道上开饭馆。王彪在闰月面前扬言要去找刘顺子算账，要在他开张那天把馆子砸了，顺便把这个小孽种当着他的面摔死。难道他抱着孩子到镇上去了？

闰月疯了一样向镇上追去。

正当刘顺子的饭馆热闹之时，一个喝得半醉半醒的汉子闯进来，见东西就砸。众人一惊，上前拉住他。他挣脱人群，一把揪住刘顺子的衣领，挥起拳头就是一拳。这汉子用的力太大了，一拳就把刘顺子打得趴在地上，还没等他站起来，这人上前抓起刘顺子又是一拳，鲜红的血从刘顺子嘴角流了出来。刘顺子觉得莫名其妙，他被打蒙了。众人合力将那醉汉按住，但他仍拼命挣脱束缚往前扑，嘴里喊着："我要杀了你……杀了你……"

这人正是闰月的男人王彪，这一幕恰好被随后追来的闰月看见。

他又喝醉了。我的孩子呢？闰月没看到她的孩子，而是真切地看见心爱的顺子哥身旁竟有个女人，正亲密地抓着他的胳膊，焦急地用手绢在他脸上擦着什么。

闰月看得呆住了，随后她转身跑开了。

闰月不知跑到哪里去了，再没有回来。

她失踪了。

18

一年很快过去了，又到了春节。

人们依旧忙碌着，充满喜气地准备着过年该准备的一切，毕竟新的一年又开始了。

春天，是令人无限遐想的季节啊！

闰月却一直没回来，尽管王家托多人四处寻找、多方打听，还是没一点儿消息。

王彪疯了一样去找闰月。一次醉酒后走在路上，迷迷糊糊中看见前面出现了一个庞然大物，紧接着听到"嘭——"的一声，

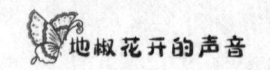

王彪被车撞飞，撞断了腰椎，结果躺在炕上再也站不起来了。

刘顺子的饭馆开张后，生意一直很火爆，但他却无心经营，撂给了秀珠，一个人跑出去了。秀珠知道他去找闰月了，不知是否找到，一直也没有音信。

后来，隐约听到一个从南方打工回来的村里人说，自己在一座城市的街道上看见一个衣衫褴褛、蓬头垢面的女人，怀里抱着个破枕头，样子看上去很像是闰月。

又一个打工回来的村里人说，也看见了闰月，说见闰月打扮得很时髦，手里提着很多东西，兴致勃勃地和一个阔太太从商场出来，钻进一辆豪华轿车，那车一溜烟开走了。

清明过了，谷雨到来，老天爷却降了一场大雪，大雪覆盖了整个陕北大地，黄土高原白茫茫一片。

这年的春天，使人感觉比任何一年的春天都冷。

地椒花开的声音

1

窑门一开,雪带着一股寒气争先恐后拥进来,吓了香草一跳。夜里不知何时降了场大雪,风旋来的雪堆积在门槛外有一尺多高。

一阵咳嗽声从窑掌传来。"下雪了?"婆婆蜷缩在被窝里,露出乱蓬蓬的头发和苍老的脸,目光混浊地望着窗外。"嗯,很厚呢,没脚腕子了,这下能给窑里收雪了。"香草清理着门口的雪,对婆婆说。

用木锨铲出一条小路,香草站在硷畔望了一眼远处,绵延起伏的白于山一夜之间全部银装素裹,变成了白色的世界。村里早起的人已开始往水窖收雪了,隔壁邻家院子里传来木锨撞击地面的声音。

香草家的水窖在硷畔底下,一冬未降雪,水窖是干的,夏天收的雨水早用完了。香草揭开厚重的木盖,干涸的水窖如野

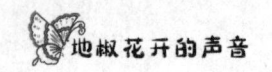

兽般张开了口,急切地要把雪吞进肚里。香草蹲下身向窖里望了望,淤泥沉积的窖底裂了几道口子。香草很快行动,把水窖周围的雪铲进窖里。她干了一会儿,太阳出来了,白花花的雪刺得人睁不开眼。刺骨的北风夹杂着雪粒打在脸上,感觉生疼。香草见鸡窝棚上堆着厚厚的雪,像发起的白面,用手捧了一捧,低头伸出舌尖去舔,雪一沾舌头即刻化了,冰冷渗骨。真好!瞧这松软、洁白、晶莹的雪,对于干旱的山区,可谓久旱逢甘露。雪收进水窖,融化后变成水,就有水吃了,不用再到沟底辛苦驮那点儿水。虽然雪水没城里的自来水好吃,水看上去也是混浊的,没自来水清,但总比没水吃要强。

　　窖里填满了雪,香草到村口背牛粪。她头上围着块红头巾,红头巾在冰天雪地中犹如一簇跳跃的火苗,异常醒目。一个雪堆前,香草用木锨铲去上面的雪,是一小堆牛粪,她将牛粪拾进背篓,拍拍冻麻木的手,将手插进棉袖筒里取暖,抬眼向远处眺望。

　　清冷、寂寞的山坳,寂静幽邃,不见一个人影。雪如一块铺天盖地的白缎子,盖在大地上,干净、纯洁,上面没有任何污渍。远处的大山默然挺立,远看仿佛扣着白皑皑的雪帽,显得圣洁庄严。回望村子,那些破旧的土窑洞被雪压得更矮了。两山间的谷地萧瑟又冷峻,只有南面山脚下前不久立起的两个高大的钻井架矗立在冰天雪地中,给这荒僻的村子增添了些许生机。

地椒花开的声音

井架是长庆石油钻三队的。据勘探队勘察,这大山深处埋藏有石油,后来就来了这个井队,竖起了两个高大的钻井架,井架旁散落着几顶帆布帐篷。香草望着那几顶帆布篷子,很多次都想过去看看。她想不明白,天寒地冻,那薄薄的帆布篷子还不把那些钻石油的人给冻干?他们烧啥?吃啥?用啥取暖?一连串问题在香草的脑海里盘旋,可她终究没有去。

突然"砰"的一声,远处传来清脆的枪声,香草吓了一跳,心怦怦一阵急跳。天哪,这大雪地竟有人在打兔子!雪原狩猎,真是别有一番情趣。香草惊喜地向山那边张望,山坡那边有个人影一闪,不见了。

香草等了许久,仍不见那个人影出现。她有些奇怪,这偏僻的山沟很少有生人来,这个打兔子的人是从哪里蹦出来的?

一阵西北风夹杂着雪粒向香草扑来,她不由得打了个寒战。全身又冷又冰,心也犹如这冰冷的雪谷,空冷寂寞。回吧,她默然收回目光。腿脚冻麻木了,跺跺脚、搓搓手,弯腰吃力地背起背篓。本来牛粪是干的,很轻,可渗进雪水就变沉了。她才走出十来步,不想脚下一滑,一个仰面朝天摔倒在雪地里,背篓里的粪全撒了出去。

"哎哟!"香草呻吟。这跤摔得不轻,眼冒金星,太阳穴嗡嗡直响。这时,身后突然传来一阵笑声。

一个男人的笑,笑得肆无忌惮。恍惚间,香草以为琦在笑。她既懊丧又恼火,有啥好笑的!香草没转身就说:"笑个屁!

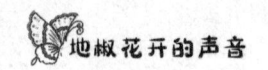

还不快扶我起来。"她腰疼得厉害，一时无法站起。

雪地传来"咯吱——咯吱——"沉重的脚步声，一双手从后边用力地将香草扶起。香草一扭头，不禁愣住了，惊恐中向后退了几步。

一个陌生人！这人是谁？

"怎么，扶你起来也不谢我？"男人见香草眼神惊慌，操着浓重的外地口音打趣地说。

"你是哪里的？"

男人没说话，只是盯着香草，用手指了指山脚下那两个钻井架。

原来，这人是甘草沟那边钻石油的。

"男人都死绝了！大雪地里让女人出来干活儿？"男人说着，目光有些奇怪。他大约三十岁，中等身材，一件糊满油渍的黄棉大衣紧裹着身子，头上戴顶棉军帽，军帽两扇耳朵很滑稽地向下耷拉着。黝黑的脸上一对小眼炯炯有神，此刻，这双小眼正毫无顾忌地盯着她看。他肩上背杆猎枪，手里提一只麻灰色的兔子，兔子的两只耳朵耷拉着，身上沾着一片血渍。看来，它是大雪地里扛不住饥饿跑出来觅食，撞在了他的枪口上。

香草没搭理男人，目光落在他手里那只兔子上。灰兔真可怜，如果它乖乖待在窝里，就不会遭此劫难了。它一定是饿坏了，才不得不跑出来。自己不也一样吗？香草不知道，她那凄凉、怅然的表情竟使眼前这个男人怦然心动。他不觉咧开厚厚的唇,露出两排洁白整齐的牙齿笑了。他提起手里的"战利品"看了看,脸上露出满不在乎的表情。"它撞在了我的枪口上。"见女人死盯着他手里的兔子不言语,便没话找话搭讪。

香草此时才觉得直勾勾盯着那只兔子有些不妥,急忙弯下腰将撒在雪地里的牛粪往背篓里拾。不知为啥,男人那双小眼让香草有种似曾相识的亲切感。香草想到了琦,这双如锥子似的小眼,真像琦的那双眼睛啊!

"我来帮你!"陌生男人竟一步跨过来,将猎枪和兔子往雪地里一丢,手上戴着脏兮兮分不清颜色的手套,帮香草捡起牛粪来。

"啊?不,不麻烦你!这牛粪脏,要糊脏你的手套。"香草惊慌失措地拒绝着,男人突然的举动使她有些不知所措。

"没关系,手套本来就脏了。你背这粪做什么?"男人一边捡一边不解地问。

"能做啥?做饭取暖嘛。"

"用粪做饭?"男人吃惊地瞪圆了小眼。

"那你说我们烧什么?"香草不屑地看了一眼男人,心想这人真是少见多怪。

"这……"男人一时语塞,望了望不长一棵树的光秃秃的山梁。

"你们不买炭吗?"

"我们穷,没钱买炭。再说,山大沟深的,有炭也拉不进

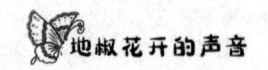

来呀!"香草看了一眼男人,想起那几顶帆布篷子,问:"你们烧啥?"

"烧炭呀!"

"住帆布篷子冷不冷?"

"不冷,烧火炉子,白天晚上不停地烧。"

"噢!"香草明白了,钻石油的人肯定有钱,这些困难难不倒他们。

"这村叫什么名?"男人又问。

"狼儿沟。"

"狼儿沟?"男人重复着,有点儿滑稽地挤挤小眼,"有意思,过去这里肯定狼多吧?"

"你说得对。"香草不想再和这个陌生男人搭讪,家里还有很多活儿等着她呢。男人已帮香草把牛粪全捡进了背篓。他拍了拍沾满粪渣的手套,热情地说:"你拿着我的东西,我来帮你背!"

"啊?不用,我自己背!"香草慌忙拒绝。

"你背不动就别逞强了,小心再摔倒!"不知为啥,男人那双小眼关切地望着香草。

"真的不用,太麻烦你了!"香草背起背篓,对男人说了声谢谢,没敢再看男人那双火辣辣的小眼,更没敢谦让男人进村到家里坐,转身自个儿踏着积雪匆匆走了。

香草走出十来步,听见男人在身后喊:"我叫黄新,我们还会见面的！"

"我可不想再见你。"香草心里说。

2

太阳爬上山顶一竿子高，狼儿沟村村主任郭二贵正在家和一客人喝酒，村主任婆姨给他们炒了盘鸡蛋下酒。窑里热气腾腾，一股酒味混杂着烧粪味儿和汗腥味儿弥漫在窑洞里。

郭二贵喝多了，那张瘦窄的脸通红，在客人面前絮絮叨叨诉苦。"我们这里穷啊！全靠老天爷。降水量小，有时三四个月见不上一点儿雨星，人畜饮水困难。每户人家一口水窖，夏天收雨水，冬天收雪水。"

"没水井吗？"客人问。

"有，沟底有一眼，几十丈深，用辘轳打，那一堆吊水的井绳一个男人抱不动，得两人抬。从井里打水半晌工夫也就吊两桶。早晨一盆水全家人挨个洗脸，洗完后还要饮牲畜，水比油值钱。这里有句俗语：讨吃子上门，宁给一碗米，不给一碗水。"

"怨谁呢？老祖宗瞎了眼，把根扎在这干山圪梁上。"郭二贵又灌了口酒，把酒盅重重地蹾在木桌上，像老祖宗就坐在他眼前似的。

"烧的也缺，只有庄稼秸秆和牲畜粪便，遇上大旱年，庄稼秸秆也没有，只能烧牲畜粪便。而粪便还得上地，地里的庄

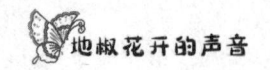

稼没粪就不长。可你说不烧粪烧啥？"

"以后会好的，这里地下有石油嘛。"客人看着村主任说。

"哟，家里有客。"香草来找村主任，进门就看见和村主任喝酒的那个人，正是那天下午在村头帮她拾粪的人。

一瓶老白干下了肚，村主任已喝得脸红脖子粗，那人却脸色如故。

"香草来了，坐！"村主任眨巴着一双通红的眼睛看着香草。

那人对香草点了点头，算打招呼，一双小眼紧盯着她。

"香草，给你介绍一下，这人叫黄新，是甘草沟那边钻石油的。他来我们村想买几只鸡和一些鸡蛋，改善一下他们的伙食。这几天下大雪把路给封死了，城里的东西拉不来。你家有鸡蛋卖吗？"

香草摇摇头。黄新一双小眼殷殷望着她，香草忙扭过头看着村主任婆姨。

"哟！我说香草，你那几只鸡婆一定下了不少蛋，咋能没鸡蛋卖呢？价钱好着哩！"村主任婆姨热心地说。香草看了一眼村主任炕后的灶火圪垯，灶膛里正燃着红彤彤的火苗。当然，村主任是不会缺烧的。

香草迟疑了一下说："村主任，我家没烧的，找你想想法子。"

"我有啥法子！你们就看见村里那点儿羊粪，那羊粪明年还要给小学老师种地用呢。这穷地方，连个老师也留不住。"

村主任瞪着血红的眼睛说。

"你看着我们冻死？"

村主任没理香草，端起酒盅又喝了一杯。

"村主任，等我家广聪回来，就不麻烦你了。"

村主任一听，仰起那张猴屁股样通红的脸一阵大笑。笑过后，他一脸神秘地对香草说："广聪能回来？我可听说他在外面舒服着呢！"村主任意味深长地扭头对黄新挤了一下眼。

"村主任，你说这话啥意思？你知道广聪在哪里？"

"够了，你喝多了，别胡说！"村主任婆姨走过来，一把夺下村主任手里的酒盅子，打断了村主任的话。

村主任耷拉下眼皮，抹了把自己通红的脸。村主任婆姨忙把香草拉到后窑掌说："你不要听他胡说，他喝醉了。回头把我家的羊粪给你一背篓，先凑合着。"

"可村主任好像知道广聪在啥地方！"

"他咋能知道，别听他胡诌！"

香草觉得村主任话里有话，可当着黄新的面又不好问，就生气地一扭头出了门。

"广聪是他什么人？"香草前脚一出门，就听得那个叫黄新的人问村主任。

"唉，是她男人，不务正业，常年在外游荡不回家，把这么年轻的媳妇撂家不管。他老娘也有病，造孽哟！"村主任婆姨抢着说。香草能想象出村主任婆姨那副表情。

163

"她娘家是哪里的？"

"山那边，和我们一个乡，村子叫艾梁湾。"

"艾梁湾？她叫艾香草？"

"对，你咋知道？"

"你们不是叫她香草吗？"黄新若有所思，"她家里再没其他人了？"

"没有，就她和婆婆两人，家里没个男人，日子过得真是可怜。"

"可怜个屁！"村主任不耐烦地打断老婆的话，"广聪堂哥辛子几次要帮她，她没烧的，辛子把粪倒在她家硷畔上，可她自命清高，不让人家帮，连看都不看一眼。活该冻死！"

村主任婆姨剜了村主任一眼，说："喊！辛子啥人？一个老骚情。一把年纪了整天还色眯眯的，专爱占女人便宜。你看村里哪个女人敢招惹他？躲都躲不及呢，香草哪敢让他帮忙？"

"可他们毕竟是本家嘛，就是有啥，那也是肥水不流外人田！"村主任一阵怪笑，那笑声犹如老鸦的叫声般刺耳，"哼！她还想着广聪回来？别做白日梦了！我早就听说广聪在城里混了个女人……"

"快闭上你那臭嘴！"村主任婆姨不由得向窗外望了望，厉声阻止村主任再说下去。

香草再也听不下去了，她又羞又恼。羞的是村主任竟在一个陌生人面前揭她的疤，恼的是黄新作为一个生人，竟不厌其烦絮絮叨叨地打问她的情况，真是狗捉老鼠——多管闲事！此刻，香草心里像塞进一团乱麻又憋又胀，她深一脚浅一脚冲出村主任家院子，向着村外白茫茫的雪地疯了似的跑去。

3

香草婆婆的气管炎又严重了，老人喘着气，嗓子发出"嘶嘶"的响声。婆婆瞅着干活儿的媳妇，上气不接下气地说："他大伯家的二小子广仁从城里回来了，你没去问问，见咱家广聪没？"

"我问了，他说见了，说他挺好。"

"那他为啥不回家？"

"广仁说他做生意忙着呢。"

"这个砍头鬼，再忙也该回来看看他娘是死是活。唉，我离入土的日子不远了。"

"妈！你又胡说。"香草蹲在灶火圪垇将干牛粪填进灶膛里，一边用另一只手缓缓拉着风箱。锅里冒着热气，婆婆每天早晨都要喝小米米汤。由于窑里冷，熬米汤的雾气笼罩着窑里的一切，雾气中弥漫着一股淡淡的小米清香。灶膛里通红的火苗照在香草那张有点儿苍白的脸上，她眼睛有些红肿。昨夜，香草又偷偷流了不少泪。

原来，香草找广仁打问男人的情况。广仁说他见过广聪一次，见广聪从一家饭馆里出来，嘴里叼着纸烟，身穿一件皮夹克，看上去红光满面，像是混得不错。广仁问他啥时回去，他

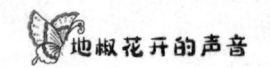

说暂时回不去，他正在做生意。广仁问他做啥生意，他也没说出个啥来。香草当时就愤愤地想，他能做啥生意，还不是骗吃骗喝，只图一人快活。

香草的男人王广聪虽然生在山里的农家，可从香草过门就没见他劳动过。他相貌堂堂，能说会道，香草当初就是被他的外表和那张嘴所迷惑。他总是把自己打扮得像个城里人，头发用头油梳抹得溜光，不论和啥人都能打上交道。那张嘴能把死的说活了、活的说死了。

香草公公活着时，是村里的赤脚医生，广聪跟他爹学了点儿医术，后来不知咋的摇身一变成了巫神，装神弄鬼，给人看病。也许巫神比医生更能让山里人相信。起初他只在山里跑，后来就城里、乡里到处游荡，只管自己混饱肚皮，全然不管家人死活。一开始一年还回来几次，到后来，几乎就见不上他的影子，鬼知道他在外面干些啥。有时很长时间都没一点儿音信。香草常常怀疑他是否还活着，或是已被公安机关给抓了起来。在香草看来，装神弄鬼骗人总不是啥正经事。但时隔一年半载，总有人说见过他。结婚六年，他在家的时间很少。每次回来都嫌这嫌那，不是嫌水不好喝，就是嫌饭不好吃，或住得不满意，就好像他不是在这山里长大的。

香草清楚地记得广聪最后那次在家的情景。那是去年春天的一个早晨，广聪从睡梦中醒来，告诉香草他做了个奇怪的梦，梦见一白胡子神仙老头儿骑着一只丹顶鹤从天而降，手里举着

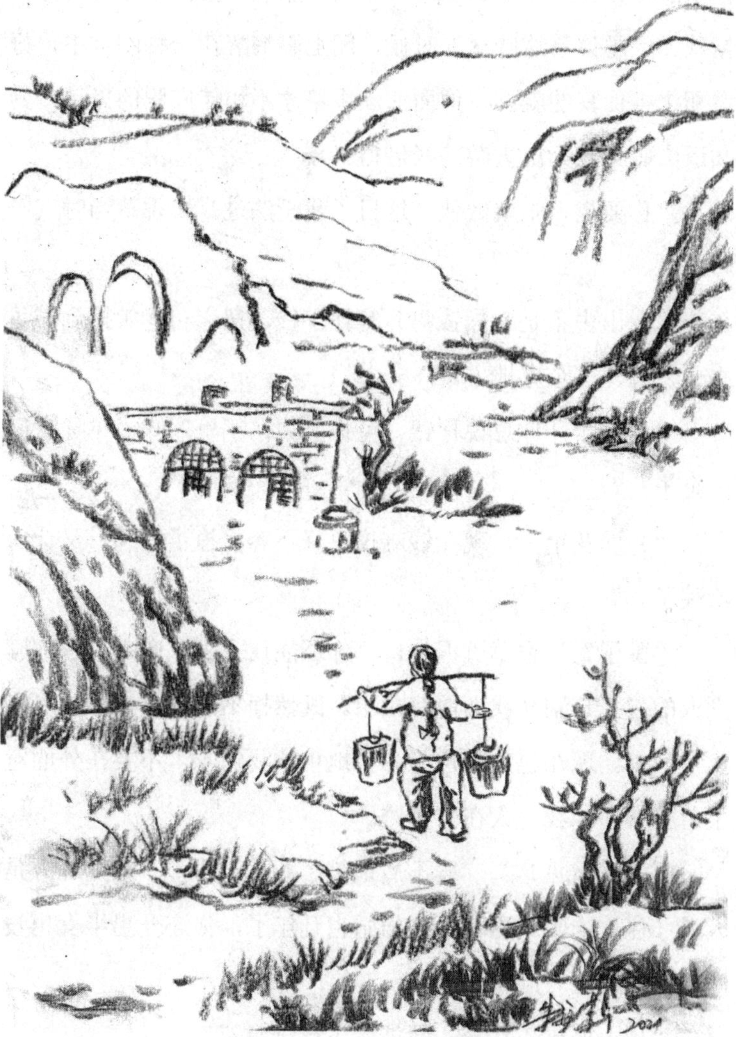
2021

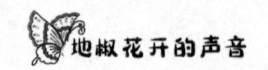

长长的马尾鬃拂尘在他身上一扫，把法力附给了他，并对他说你不能待在家里，那么多的人生活在疾病和痛苦中，等着你去拯救。广聪说着这些话的时候，闭上眼陶醉在一种幻觉中，好像那个神仙真的就站在他面前。香草才不相信广聪的鬼话，她知道广聪又在为出去游荡找借口。

"你要走，咱就散伙。这日子我没法过！"香草当时气呼呼地说。

"我出去不是为挣钱吗？等挣了钱，把你和老娘接到城里去住，离开这个鬼地方。"

"这几年，你总说挣钱，可挣的钱在哪里？咋没见你拿回一个子儿？"

"外面花销大，现在钱难挣，好不容易挣了点儿，又让人给骗了。"

"骗了？"香草讥讽他，"你还能让人骗？向来只有你骗别人的份儿！别在我面前演戏了。既然挣不来钱，那你就老老实实回来。现在包产到户了，种地也够我们吃，不要在外面跑了。娘有病，我一人在家多难。"

"妇人之见！"广聪不屑地瞪了香草一眼，"这鬼地方是人盛（住）的吗？再说，这结婚也几年了，你连一男半女也没给我生下，还有脸说我？"

"你……你不在家，我能生下孩子吗？"

没孩子也成了广聪出走的借口。他经常骂她是只不下蛋的

地椒花开的声音

母鸡。香草很委屈,她觉得自己很健康,说不定是他的毛病呢!一次,香草提出要到县城的医院去检查,看究竟是谁的问题,不想广聪把眼一瞪,说:"别给我丢人现眼了。"

香草常常感到一种灵魂深处的空虚,这种空虚是彻骨的、无奈的。她渴望一种全新的生活。香草是初中毕业,因为穷没能读高中,香草同村的闺密英子去了县城,她表姐在城里。英子在城里学会了理发和烫发,听说收入很不错,几次捎话叫香草进城,在她那儿学理发,不要再守着那个没希望的家了。但香草觉得撂下婆婆不管良心过不去。家里再没其他人了,她一走,婆婆咋办?婆婆有病,怕也活不了几年了,香草想自己咋能扔下她不管呢?

该死的广聪,一走就没了踪影,扔下她和老娘不管,自己一人在外吃香喝辣图快活,简直畜生不如!香草心里狠狠地骂着男人。

长夜漫漫,香草和婆婆蜷缩在冰冷的窑洞里。睡不着,香草望着黑洞洞的窗户想着童年的趣事。

白于山腹地,遍地生长着一种匍匐在地的低矮植物,它们一簇簇、一片片聚生在一起,密密匝匝,小圆形灰绿色枝叶散发出一种幽幽醉人的馨香,根细而长,深深扎进贫瘠的土壤里,吮吸那点儿可怜的养分。每年农历四五月,顶部便绽开一朵朵小小的紫粉色的花,簇拥在一起,远远望去,宛如一团团绒球滚落在黄土地上,煞是好看。如果你蹲下身用手摘一朵小紫花

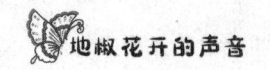

放在鼻前嗅嗅,一股清香直沁肺腑,使人神清气爽、心旷神怡;咬上一口,微涩、甘甜又细腻。它就是这块贫瘠干旱的土地上生长的一种植物——地椒椒。它是山里人放羊的最好饲料,羊常年啃食着它,所以白于山的羊肉鲜而不膻,成为远近闻名的美味佳肴。

伏天里,勤劳的山民将地椒椒挖回家晒干,将叶、茎、花研成粉末,掺进一种用燕麦面制作的炒面里,便成了陕北三边特色小吃——燕麦炒面。远方的客人只要尝一口,便终生难忘。

香草家的垴畔上、坡洼里到处长着地椒椒。小时放羊羔,看羊吃得好喜欢,好奇心促使她也摘一些小紫花放进嘴里,哪知越嚼越香,仿佛吃到了天下最好吃的东西。有一次被母亲发现了,问她吃啥,她照实说了。母亲说:"傻孩子,那是草,只能羊吃,人是不能吃的。"可她偏不听,照样偷偷跑出去吃。大人见没啥事,也就懒得管了。

久而久之,香草身体有了一些微妙的变化。晚上睡在被窝里一觉醒来,一股香气从被窝里飘出。她不知是咋回事,也不敢跟大人说。

香草经常会做一个相同的梦,梦见自己行走在一个开满地椒花的山坡上,醉人的香味熏得她心旷神怡。那些紫粉色的小精灵全都翩翩起舞,隐约传来一种声音,花与花之间喧闹的声音,叽叽喳喳、呢呢喃喃,她努力想倾听它们在说些什么,可始终听不清。

香草渐渐长大了,十五六岁的她出落得亭亭玉立,大眼睛,柳叶眉,白中透粉的脸蛋一笑俩酒窝。村人见了都不由得多看她几眼,赞她是村里的七仙女。一起长大的男孩都喜欢跟她玩儿,争着同她说话,偷偷把好吃的东西塞给她。一次,两个男孩还为她打起了架。小琦说:"香草真香,身上有一股香味儿。"狗子说:"别瞎吹,你怕是看上香草了,想让她做你婆姨吧?""叫你胡说!"小琦扑上去打狗子,两人抱在一起撕扯。狗子力气大,把小琦耳朵都揪烂了,直到香草赶来才把两人分开。香草拉着小琦走了。背后的孩子们起哄大笑,嘴里喊着:"小两口,小两口,老婆拉着老汉的手……"

香草在漆黑的窑里笑了,细细品味着儿时有趣的回忆,暂时忘却了烦恼。

唉!琦要是在就好了,我就不用受这些苦,琦也不会让我受苦的。大雪天里,他会把窑洞烧得暖暖的,暖窑热炕,两人拉着知心话,该有多惬意……朦胧中,香草又想起那个叫黄新的人,他那双小眼咋那么像琦呢?真奇怪!那天在村口,我咋就把他当成琦了呢?

琦!琦!你在哪里呀?

香草终于敌不过沉重的困意,进入了梦乡。

4

夜,猫头鹰凄厉的叫声从山坳传来,显得阴森恐怖。狼儿

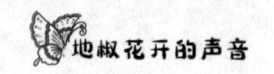

沟在寒冷和黑暗中瑟缩着。一阵犬吠后，香草听见窑门被推开，原来是男人广聪回来了。只见他身穿一件灰色长袍，犹如道士，肩上一根木棍挑着个包裹，身后跟进来个年轻漂亮的烫发女人。那女人身穿一件刺眼的红风衣，怀里还抱着个娃。广聪用奇怪的眼神望着香草，又看了看身边的女人和娃，脸上露出一种幸灾乐祸的表情。他对香草说，这个女人是他新娶的老婆，娃是他们的儿子。香草一听，怒从心起，不顾一切地扑过去死命去抓那女人的脸。广聪却一把攥住她的手，使她动弹不得。她急得大喊大叫，一下从梦中醒来，惊出一身冷汗。

梦醒后，香草再无睡意，坐起来用被子围住身子，听得旁边熟睡的婆婆打着呼噜，嗓子眼儿里发出一种奇怪的声音。想着刚才那个梦，蹊跷，难道广聪真的在城里又找了女人？村主任那天说的话是真的？香草望着黑洞洞的窗户，一种前所未有的孤独感吞噬了她，眼泪不由自主地流了下来，流到嘴角，用舌尖舔了舔，又苦又涩。黑暗中，香草没有看见广聪，而是看见了琦，看见琦正用一双小眼凄然地注视着她。不知为什么，每当她寂寞伤感时，琦就会不请自来，占据她的脑海。为啥会这样？香草知道，她欠琦的太多，永远无法偿还。

香草心里呐喊着：琦，苦命的琦！

琦比香草大一岁，一个村的，从小和香草一起长大，一起念书。琦幼年就没了父母，有个弟弟，他们和奶奶三人过日子。

提起琦的父母，使人不由得想起那件震惊全县的杀人案，

地椒花开的声音

虽然过去了很多年，但至今说起仍令人毛骨悚然。那年琦八岁，香草七岁，完全到了记事的年龄。琦的母亲漂亮又风骚，被琦的外祖父从北滩嫁到南山。提起这事总让人无法理解。因为山区贫穷落后，交通不便，山里姑娘都千方百计往滩区嫁，琦的外祖父却把女儿往山里嫁，这不等于往火坑里送吗？也许琦的外祖父有他自己的理由，别人无从知晓。

琦的母亲自从嫁到这山里来，就从骨子里瞧不起琦的父亲。琦的父亲是个老实巴交的农民，木讷寡言，心地良善，只知道劳动，是个种田的好把式。琦的母亲给他生下两个儿子后，琦的父亲高兴得犹如过上了天堂般的日子。谁知好景不长，琦的母亲不知从何时起和一个进山收购羊皮的贩子勾搭上了，那个人叫曹武。在一个黑得伸手不见五指的夜晚，琦的母亲和那个羊皮贩子曹武，两人合谋用绳子勒死了经过一天繁重劳动后在炕上熟睡的丈夫，然后把尸体装进事先准备好的麻袋里，由曹武扛着，琦的母亲后面跟着，两人翻过一道漆黑的深沟，将琦的父亲的尸体扔进邻村的一口水井里。这口井有二十多丈深，是村里唯一的吃水井。

办完事后，两人犹如把一袋土豆扔进了地窖里，面不改色心不跳地回到琦的家里。两人详细做了他们的结婚计划。那个羊皮贩子曹武还拿着琦的父亲的旱烟锅子连续抽了三锅旱烟，过足了烟瘾，天亮之前才离开。

几天后，邻村的一个小伙子在井里吊水时，发现吊上来的

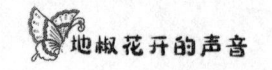

水桶耳子上挂着一些毛发,便怀疑是猪或什么动物掉进了水井里,于是让另外两个前来打水的村人将他吊下去看个明白。小伙子下到井底一看,顿时吓得魂飞魄散,说不出话来,只用手死命摇晃井绳。上面的人看到井绳晃动个不停,便趴在井口向井下喊话,询问下面的情况,但井下没有任何声音。又等了一会儿,见井下还没动静,于是就往上拉。将小伙子从井里拉上来后,只见他面如土色,口吐白沫,不省人事。两人立即慌了,急忙用桶里的水泼在他脸上,又掐人中又拍脸,大约折腾有一袋烟的工夫,小伙子才慢慢缓过神来。接着,他开始不停地呕吐起来,仿佛要把肚子里的肠肠肚肚全都吐出来才肯罢休。在那两人的再三追问下,小伙子才断断续续吐出了一句话:"井里漂着一个死人。"

那两人一听,顿时吓得目瞪口呆。

这事惊动了县城,来了许多公安局的人。尸体打捞上来后,有人认出是琦的父亲,于是公安人员迅速展开了调查。琦的母亲神色慌张,编造的谎话漏洞百出,很快被公安人员识破。琦的母亲只得全部招认。没过几天,羊皮贩子曹武就被捉拿归案。最后,曹武被判处死刑,琦的母亲被判处无期徒刑。

一个好端端的家就这样家破人亡了。可怜了琦和年龄只有五岁的弟弟,还有琦的奶奶,一个守寡三十多年的老人。

香草永远也忘不了琦的母亲被押上警车的那一瞬,那张惨白而没有血色的脸,永久地留在了香草的记忆里。

琦同样也没有忘记他的母亲。

香草知道,琦恨他的母亲,从此在她面前再也没有提起过母亲。欢乐从此从琦那张又黑又瘦的小脸上消失了。厚嘴唇、塌鼻梁、黑瘦的脸上镶着一对小眼睛的琦失去了童年的快乐。那双小眼总是低垂着,极少看人。偶尔目光和人相遇,那眼睛里流露出的是一种成年人的忧郁,令人心惊。

随着年龄的增长,琦的性格越来越孤僻,寡言少语,喜欢一人独处,从不和村里别的孩子一起玩儿,但香草心里明白,琦喜欢和她在一起。只有和香草待在一起时,琦那双小眼里才有些生气。

琦喜欢香草,从小就喜欢。否则,琦不会时时出现在香草面前,抢着帮香草干活儿。香草记忆最深的一次是她十二岁那年,父亲不在家,母亲得了急病,她一人跑到二十里外的赤脚医生家给母亲买药。回来时走着走着天黑了,那黑魆魆的大山仿佛一下变成了青面獠牙的魔鬼,吓得她不敢往前走了,蹲在漆黑的山路上哭。这时,远远传来琦呼唤她的声音,她知道,他来找她了,便一下站起,飞快地朝着山路上一个小小的黑影奔过去。当时琦穿着一双露着脚趾,几乎拖不住的破布鞋,那鞋底走在崎岖的山路上,发出啪嗒啪嗒的响声,那响声驱走了恐惧和黑暗,香草听着有一种说不出的安全感。

那时候,香草成了琦未来生活的全部希望,但香草却没有给琦这个希望。这似乎对琦太残忍了,遗憾的是香草那时并没

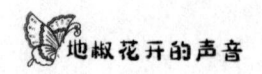

意识到这点。

随着时光的流逝,琦和香草都长成了少男少女,两人都读完了初中。香草没有再读书,琦也因家庭原因而辍学,为了年迈的奶奶和仍上学的弟弟,过早地挑起了家庭的重担。

香草知道,村里很多男孩都喜欢她,她是村里的七仙女。香草感到一种满足,那颗女孩子的心时时涌动着一股矜持。多少次,香草感觉身后有双小眼在默默注视着她,那双眼睛是那么固执、顽强、执拗地追随着她。

香草十七岁那年,十八岁的琦穿上了一身崭新的绿军装。出发前一天,琦的弟弟塞给香草一张字条,上面写着:

香草,明天早晨我就要出发了,到遥远的新疆去服兵役,希望今天晚上在村东头那棵大树下能和你见一面,我有话要对你说。我等着你。

琦

香草那颗女孩子的心是敏感的,她预感到琦要对她说什么,她有些慌乱,又有些犹豫,去还是不去?正当香草拿不定主意时,村里几个男孩和女孩来邀香草到邻村去看牛皮灯影子戏,香草一口答应,欣然前往。那晚,看了牛皮灯影子戏后,回到家已很晚,香草就睡了。

第二天一早,香草赶到琦家里去送琦,琦已经走了。琦的

地椒花开的声音

弟弟告诉香草，琦一夜未归，凌晨才回到家，苍白着脸，问他一句话也不说，提着行李就走了。

香草知道自己忽视了琦，伤了琦的心，心里感到很内疚。但香草绝对没有想到，这件事，给她留下了终身的遗憾。

三年服役，本来琦可以回家探亲一次，但不知为啥没回来。就在琦要复员的那年，那是一九七九年，爆发了对越自卫反击战，琦上了前线。几个月后，琦牺牲在老山前线。

香草清楚地记得那是个淫雨霏霏的早晨，一封挂号信飞到她手中。香草拿到信的那一瞬，一种不祥的预感突然袭上她的心头。她好奇而急切地拆开信，倏地，一张沾满血渍的信纸飘然而落。香草抑制着颤抖的手拾起它，几行熟悉的字迹映入她眼帘：

香草，当你看到这封信的时候，说明我已经不在这个人世间了。本来我活在世上也没啥留恋的，因为有个你，我才这么勉强活着。我一生虽然短暂，却与苦难和痛苦交织在一起，只有你，才是我心中唯一的安慰。我是那么爱你，刻骨铭心地爱着。而你，却没有给我一点儿希望。永别了。

琦

原来这封信是琦的战友在他牺牲后，从他那被鲜血染红的衣兜里找到的……斑斑血迹中的几行触目惊心的字，是怎样强

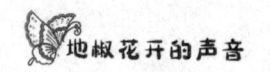

烈地震撼着香草的心啊!

默默无语、忧郁的琦就这样永远走了,但他却死得光荣而神圣,为国家献出了自己宝贵的生命,成了一名令人敬仰的烈士。

望着这封被琦的鲜血浸透的信,香草眼前浮现出琦那双顽强、固执的小眼睛,浮现出琦临参军前一个晚上,在村头那棵大树下等她时徘徊了一夜的绝望的身影,还有琦临牺牲前那双逐渐暗淡的小眼睛……

那双眼睛曾经是那么固执而又顽强地追随着她呀!香草感觉自己的心在滴血。

多少次,在漆黑的夜晚,香草会陷入自责和绝望的深渊里。她认为琦的参军与牺牲都和自己有直接的关系,是自己的忽视和冷漠将琦逼上了死路。如果在他参军前自己能按时赴约,情况会是怎样?是不是琦现在会活得好好的?香草心里始终有一种绝望,这绝望犹如虫子一点儿一点儿啃食着她,那就是琦不给她留任何可以弥补的机会。

香草曾无数次幻想和琦一起生活的情景。每次,都令她幸福和激动得浑身战栗。她吃惊地问自己,为啥琦在身边时没有过这种感觉?难道只有失去了,才知道他的珍贵?

一种宿命感时时折磨着香草,她觉得自己现在这个处境是老天有意安排的。她辜负了琦,怎么能和广聪过得幸福呢?香草觉得在某个看不见的地方,琦的那双小眼在一刻不停地看着她，嘲笑她，嘲笑她的婚姻，嘲笑她的寂寞，嘲笑她的无可奈何。尤其在她遇到艰难时，琦就在某个不远的地方站着，双手抱在胸前，用一种漠不关心的表情望着她冷笑。

每当夜深人静时，香草躺在冰冷的土炕上，听着婆婆不间断的咳嗽，琦就会不请自来，占据她整个脑海。琦虽然死了，但是他的灵魂纠缠着香草，香草摆脱不了。香草每次想到琦，都感觉心里空空的，似乎五脏六腑都被人掏空了，自己变成了个空心稻草人，身不由己地在天空中飘游。

起风了。风在呼啸，发出呜呜的声音，如人在哭泣，哭声诡诞而神秘。漫无边际的衰草连着天际，那衰草随风摇摆着、呜咽着，像无数双伸向天空的手，苦苦地要抓住什么，又似乎要抓住空中飘游的她。飘啊飘，她终于飘到了那个她梦寐以求的地方，一个陌生的杂草丛生的荒芜之地，那里沉睡着无数的英灵。在某个坟茔里，有个不安的灵魂正在焦灼地等待着她，那是琦啊！她惊喜地叫着，飘过去紧紧抱住了琦，望着他那双忧郁的小眼笑着说："这不，我来了，你不用再孤独和忧郁……"

5

冬夜是漫长寂寞的。天一黑，狼儿沟的村民们油灯也舍不得点，早早钻进被窝里取暖，望着黑乎乎的窑顶想心事。此刻，在百里以外的小县城，人们正把煤炉烧得暖暖的，在明亮的电

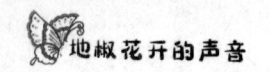

灯下干点儿啥，谁还能想到在偏远的白于山有个叫狼儿沟的地方，缺水少柴又没电？

狼儿沟过去因野狼多而得名，传说有惊心动魄的狼和人搏斗的故事。据当地老年人回忆，过去天一黑，成群结队的野狼便从山里拥进岔口，进入村子，袭击庄户人的牲畜。尽管人们想尽办法制服恶狼，但无论白天或晚上，总有狼叼走牲畜。不仅如此，还发生过一次狼叼走孩子的惊险事件。

一次，一只饿极了的母狼在黄昏时分窜进一户姓郭的人家。当时这家人正在被烟熏得黑乎乎的窑洞里吃晚饭，一盏昏暗的小煤油灯摇晃着捉摸不定的光。家里一个两三岁的男孩手里捏着个煮洋芋站在门边吃。这只狡猾的狼趁大人不注意偷偷溜过去，一口叼起那个孩子就跑。家人听得孩子一声哭，转眼见狼叼着孩子已跑出了大门，于是连喊带叫追出去，惊动了全村人去追狼，一直追了四五里路，狼才不得已把孩子扔下。这个死里逃生的孩子被狼撕破了嘴唇，最后，嘴角上留下了一道月牙似的疤痕。据说这个人就是村主任郭二贵他四老爷。

后来，狼渐渐少了，再后来不知为啥竟绝迹了，就是人们想要见只狼，也很难再见到。

狼儿沟的村民祖祖辈辈生活在这里，没烧的，山里人有山里人的办法。粮食总不能生着吃，活人也不能叫尿憋死。山滩里的草、庄稼秸秆、羊粪、牛粪、驴粪，只要能烧，来者不拒。谁也说不清山里人烧粪的历史可以追溯至何年，大概自从有人居住起就有人烧粪。都知道粪施进土壤里可以增加粮食产量,但山里人却把粪当燃料,这恐怕说给南方人听如天方夜谭。

一天早晨,黄新提着个黑乎乎的油桶走进香草家。香草正蹲在灶火圪垯旁望着黑洞洞的灶膛抹眼泪。窑里冰冷,没一丝热气。土炕上躺着香草有病的婆婆,炕后是锅台灶火,后窑掌摆放着一溜坛坛罐罐,擦得明亮干净。家虽简陋,却收拾得干净利落。窑掌被烟熏得发黑的墙壁上贴着一张画——一个胖娃娃骑在鱼儿身上笑。

"你哭了?"

香草抬头看见黄新,有些意外,他咋来了?

"想你男人了吧?"黄新打趣地说。

"你来干啥?"香草脸色难看地说。

"给你送烧的呀!你不是没烧火的东西吗?看,我特意给你送来了。当然不是白送,得换你两只鸡。"黄新嬉笑着说。

香草这才看见黄新手里提着个黑乎乎的油桶。她没明白这家伙说啥呢。

"这是啥?"

"烧的呀!"黄新说着把油桶放下,"这是原油,专门送给你烧的。"

"这个能烧?"香草惊奇地望着黄新。

"粪都能烧,这个咋不能烧?原油是易燃物。"黄新一双小眼盯着香草说。

地椒花开的声音

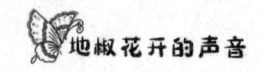

"这咋个烧法?"

"看你,不懂了是不是?"黄新手指着油桶说,"这可是好东西,石油就是从这里面提炼出来的。烧时要拌些土,要不火焰大,危险。"

"我可不会用。"

"很简单,我给你示范一下就会了。你从外面给我端一簸箕土回来。"

香草惊奇地注视着黄新的举动。只见他将土倒在地上,在土中间挖个坑,把油桶里的原油倒出一些,用烧火铲将土和原油搅拌起来,铲一铲放进灶膛里。然后划一根火柴往灶膛里一扔,轰的一声,火苗就熊熊燃烧起来,燃烧得忘情炽烈。香草一下惊呆了。

"真想不到,这东西能这么用。"香草不禁嘴里啧啧道。

"可惜这么好的东西不是用来烧火的。烧原油,这是土豪干的事。"黄新揶揄道,"我是偷出来给你的。"

"那咋行?井队知道了咋办?"

"如果知道,会受处罚。搞不好我这个月的工资就没了。"

"这我可不敢要,你快拿走吧。"香草不安地两手搓在一起。

"没事,你留下烧吧。"黄新抓住香草的手,将它们掰开,然后紧紧握在自己手里。香草倏地抽出自己的手,脸一下子变得通红,一直红到耳根。

香草的窘态令黄新怜惜。黄新抬头望了一眼炕上昏睡的老人，不由得狡黠地笑了笑，自嘲说："不能怪你，怪我嘴馋。井队的伙食太差劲儿，什么都没有，大雪把路封了，城里东西拉不来，我可是一心想换你两只鸡的。"黄新眨着小眼，期待地望着香草。

"行，我给你逮两只。"香草爽快地答应了。尽管香草有些心疼，那几只鸡婆是给有病的婆婆下蛋吃的，可如果能换回烧的东西，香草也就顾不得那么多了。

"这还差不多，我还想你不肯给我呢。"

"不会的，我咋能白拿你东西？"

"那天在村主任家，你连鸡蛋都不肯承认有，完全不顾及我在村口还帮你拾过粪。"

香草笑了："那天我因没烧的心里正愁着，哪有心思卖鸡蛋？"

"看你，笑起来更好看嘛，以后要多笑笑。"

香草不好意思地低下头。

"好了，和你说正事。你看，火苗不旺时，就用铲子搅一搅，烧到最后就剩土了。拌土时原油不要掺太多，倒完原油把油桶拿走，放到远离灶火的地方。点火时，手切不可伸进灶膛里，头也不能凑过去，小心被烧伤。这些都记住了吗？"黄新认真地对香草说。

"记住了，谢谢你！我这就给你抓鸡去。"香草感激地说。

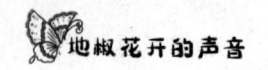

"算了吧,白送你。看你一个女人过日子不易,这桶原油够你烧上一阵子,烧完再给我说一声。"

听了黄新的话,香草一时愣住了。呆愣片刻,黄新已从窑里走了出去。

"站住!"香草从窑里追出来说,"那不行,我凭啥白拿你东西?"

"凭你是个惹人疼的女人呀!"黄新站住,回头意味深长地看着她说。

"那我更不能要了,把你的东西拿走!"香草拉下了脸。

"瞧你这女人,死心眼。男人帮女人是件很正常的事嘛。"

"不行!"

"难道你真要冻死?"

"冻死我也不能要你的东西。"

"这女人,还真倔!"黄新看着香草坚决的神态,摇了摇头,只好转身又走进窑洞。

"这样吧,鸡就别抓了,给我几个鸡蛋。如果把鸡抓走了,以后没了鸡下蛋,我拿原油和你换什么?"

香草想了想,点点头。

最后,黄新拿了二十个鸡蛋作为交换。他一边往外走一边咧嘴笑着:"看来,想和你套近乎还挺不容易嘛。"

跟在身后的香草没吭声。

6

　　灶膛里熊熊燃烧的火苗使香草一冬紧缩的心终于舒展开来，她凑到火前，眼睛盯着那火苗，原油燃烧时有一股特殊的味道，橙红色的火焰热烘烘暖洋洋的，她陶醉地闭上眼。火烤着她，火在笑，似乎在拍手笑，笑得噼噼啪啪。她感觉自己的心都要融化了。冬天火亲，夏天水亲，火和水在狼儿沟又是这么稀缺。这个送火的男人真是个奇人，怎就想到用原油烧火呢？真不可思议！只要稍微往土里掺一点儿，就能燃很久。这个看上去黑乎乎带有绿色荧光的黏稠液体，它竟深藏在这干旱贫瘠的山底下。谁说这里穷，这不有石油吗？香草内心不由得生出一种自豪感。站在自家硷畔上向远处眺望那两个钻井架，那高大的井架在香草眼里再也不是冷冰冰、硬邦邦的铁架，而是有着某种生命和感情的东西。还有那连绵起伏的白于山，匍匐在那里千年万年，它身下藏着宝贝呢。

　　狼儿沟的村民渐渐都知道了原油拌土可以烧，纷纷用羊、鸡等和石油队的人偷偷交换。井队的人嘴馋，他们长年身处大山吃不到肉，很乐意用原油和当地百姓换肉吃。可好景不长，这事被井队知道了，对私自偷出原油的人员进行了严肃处理，黄新也被罚扣了工资。

　　香草知道后很过意不去，为了帮她，黄新受了损失。香草想给黄新补偿，但她没钱；想请黄新吃顿饭吧，又觉得不妥。黄新送原油帮她，尽管每次香草不白拿，村里还是有了风言风语，再叫他吃饭，村民会怎么看？香草踌躇着，打消了这个念头。黄新的好，香草心里记着了。

"以后不用给我送原油了。"香草对黄新说。

"那你烧什么？"

"天暖和了，能出去拾粪搂草。"

"这地方生存条件太差，简直像老山前线的猫耳洞。"

"猫耳洞？你咋知道老山前线的猫耳洞，去过？"

"没有，你问这干吗？"

"有个和我从小长大的伙伴牺牲在老山前线了。"

"噢，他叫什么名字？"

"张琦，比我大一岁。"

"你们青梅竹马吗？"黄新瞅着香草。

"从小一起玩儿到大。"

"你爱他吗？"黄新显得漫不经心。

香草脸倏地红了，不好意思地说："我不知道。那时候小，太幼稚，不懂得啥叫真正的爱，他就当兵走了。总之他在我身边我没在乎他，当他牺牲后，我才明白了很多事，我是在乎他的，可是已经晚了，失去的再也回不来了。"香草低下了头。

"那你和你男人感情好吗？"

香草不由自主地摇了摇头。

"我想，你该改变你的生活方式了。你还年轻，不到三十岁吧？应该走出这偏僻的大山，寻找一种新的生活。"

地椒花开的声音

"去哪里?"

"去县城。"

"去县城干啥?"

"随便干点儿啥都行呀,总比蹲在这山沟里强!现在土地承包到户也四五年了,我们那里很多农民嫌种地收入少,都出去打工挣钱了。"

"他们做些啥?"

"什么都做。男人在建筑工地跟工,女人给工地做饭。也有学裁缝、学理发的,学会手艺自己干,只要勤快,比种地强。"

"村里和我一起长大的英子进县城学理发和烫发,开了个店,几次叫我去我没同意。再说,你看我也离不开,婆婆有病,家里没其他人了,我走了她咋办?"

"那是。"黄新听了点点头。

一来二去,两人混熟了,无话不说。黄新经常给香草讲些城里的新鲜事,讲城里人咋样生活,男人和女人怎样谈情说爱。每次,香草都听得脸红心跳,不敢看黄新那双小眼。人非草木,孰能无情。香草知道黄新每次望着她的那双眼睛里有着过多的渴望,那是一个男人对一个女人的渴望。而那双小眼也像琦一样,殷殷的、顽强的,有时甚至是奇怪的。

无数次夜里香草躺在土炕上,心里的那只兔子便蹦跳起来,搅得她浑身燥热,欲望在黑夜里肆意蔓延,像汹涌的波涛,潮起潮落。她为自己有那些想法感到羞愧,自己是个结了婚的女人，虽然男人常年不在，也不能让村人笑话。白天，她仍像往常一样平静地生活。

一个漆黑的夜晚，婆婆已睡。香草收拾完家务，插上门正准备休息，这时传来了不轻不重的敲门声。

"谁？"香草问，心一下提到了嗓子眼儿。

"是我，黄新。"

"这么晚了，有事吗？"

"我丢了样东西在你这里。"

"什么？"

"打火机。"

"噢，我给你找。"黄新上次抽烟把打火机撂下了，香草给他放在木柜上。她拿起打火机打开门正准备递给黄新。不想黄新却一步挤进门来，顺手将门关上，伸出双臂一把将香草搂进怀里，紧紧抱住。

"你……"香草闻到一股刺鼻的酒味，"你喝酒了？"香草吃惊地问，一边惊慌失措地用双手将黄新往外推。

"别动！我只想抱抱你。"黄新说着，非常鲁莽地在香草脸上亲了口，然后将他那发烧的脸埋进香草的脖子里，喃喃自语："香草，香草，你真香啊……"粗重的喘息混合着男人特有的气味和酒味熏得香草喘不过气来。她感觉自己的心都要从喉咙里跳出来了，全身一阵阵发软。这时，炕上传来婆婆一阵剧烈的咳嗽声，香草立即清醒过来，一把将黄新推开。

昏暗的灯光下，两人都听到对方急促的喘息声。黄新呆立片刻，匆匆瞄了眼香草，想说啥却突然咬住下唇，猝然转身出了门，消失在茫茫夜色中。

香草一下关了门，靠在门框上，一手捂住自己狂跳的心，好久没动。

黑暗中，院子的一个角落，有双狼一样的眼睛正将这一幕敛入眼中。随后，一个黑影闪出了香草家的院子。

7

二十四节气中最后一个节气大寒一过，天气渐暖，厚厚的积雪无声无息地融化了。快要过年了，家家都在为过年忙着做准备。香草婆婆每天中午都要拄上拐棍站在自家硷畔上，向村口的山坳子张望。香草知道，老人想儿子了，眼巴巴盼着广聪能回家过年。可一直等到腊月三十，也没见广聪的影子。老人在失望之余，情绪变得烦躁不安，精神也越来越差了。

一个漆黑的夜晚，婆婆被一个噩梦惊醒，说梦见广聪遭遇了不测，浑身上下鲜血淋淋，手脚被人用绳索捆着，喝不到水，说他快要渴死了。从那以后，老人像着了魔似的天天念叨儿子。除此之外，就是痴睡，白天晚上睡不醒。香草做好饭端在她跟前也叫不起来。婆婆异常的表现，给香草一种不祥的预感。听母亲说过，老人在快离世前，往往有些异常的表现，如"男怕撩乱女怕睡"。撩乱，就是不安稳，瞎折腾。比如好好的却要

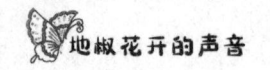

给自己买坟地或做棺材，或是要把远近的亲戚看个遍，或脾气变得暴躁，爱生气，不是骂老伴儿就是骂儿女，搞得家里不得安宁。有人说这叫绝情，意思是老人走后不给家人留念想。女的则表现为痴睡，白天晚上睡不够。如果有这些表现，说明这个人在人世间的日子恐怕不多了。

香草决定去县城找广聪，她想满足老人的愿望，让老人临走前见儿子一面。从村主任郭二贵几次躲躲闪闪的话语里，香草感觉广聪一直在县城里。她想着不能让婆婆带着遗憾离开，老人太可怜了。再说，如能找到广聪，一是婆婆思念儿子心切，说不定见到儿子病也会好转起来；二是万一婆婆不行了，广聪在，她也有个依靠。

经过再三考虑，香草安抚好家里，让邻居兴梅帮她照看几天，简单打点了个小包，一个清冷的早晨，走出了狼儿沟。本想再找村主任问问，看广聪究竟在啥地方，但村主任婆姨说村主任一大早去乡政府了。正好香草也要到乡政府搭车，说不定能碰上。山里搭车很麻烦，这里每逢双日才有一趟从县城到乡政府的班车，大约在下午两点返回县城。乡政府距狼儿沟还有二十多里山路。香草一人走在路上，风刮得很大，路边的枯草随风发出"呜呜"的响声。远远望去，苍茫的白于山灰蒙蒙的，远近不见一个人影，偶尔听到山涧里有老鸦的鸣叫声划破寂静的天空。此刻，香草心里空落落的，想她一人孤独无依，到县城找自己的男人，没个固定的地方，人海茫茫，到哪里去找呢？

香草眼前一片茫然，但一想到婆婆，她的心又坚定下来，脚步不由得加快了。快到乡政府时，远远见村主任郭二贵迎面而来，像要回村里。

正好遇上村主任，再问问他，如果知道广聪在啥地方就好了。香草这么想着走了过去。

"香草，你干什么去？"郭二贵看见香草，有些惊奇。

"去县城。"

"干啥？"

"找广聪。我婆婆快不行了。正想问你，知道广聪在啥地方吗？"

"算了，别去了。我有他消息。"郭二贵听香草一说，很快打断香草的话。

"那就好，快告诉我他在哪里？"

"走，回去我慢慢跟你说。"

"你现在就说，正好我去找他呀。"香草站着没动，盯着村主任说。

"他……他……"郭二贵一下结巴起来，显得很难启齿的样子。

"到底咋了？快说嘛！"香草急了。

"这……唉！他叫县公安局给抓起来了。"

"谁说的？"

"乡里让我去，就是通知这事。"

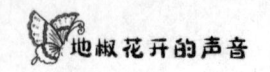

"犯的啥事？"

"说是诈骗罪，公安局已立案，可能要正式逮捕。"

"这咋办？"香草双腿一软，一下跌坐在路边。

"你看你看，我说回去再说嘛，你偏要听。你们女人家就是这样，经不起事。"

香草呆愣愣坐着，啥也不说。尽管她平时有预感，一下听了还是难以接受。

"我婆婆咋办？"香草猛然用手拍打了下地皮，咧开嘴哭起来。

"没办法，别哭了，我们先回吧。"郭二贵伸手要拉香草，香草一把打掉他的手。"你先回，我想在路边坐会儿。"香草呜咽着，擤了一把鼻涕甩在路边。

"那咋行？"

"我要到公安局去见他。"香草擦着眼泪说。

"过几天再去也不迟，反正他在那里面也跑不了，你这样咋去？"

于是，村主任前面走，香草后面远远跟着。一边走，一边伤心地不停抹着眼泪。

原来，广聪这几年在城里不务正业，多次行骗，屡屡得手。公安局早就盯上了他。这次，他骗了个进城给娃看病的农民两千块钱。这两千块是这个农民倾家荡产、卖尽家当才凑够给娃看病的救命钱，不想他们在旅馆住了一夜，就被广聪给骗走了。

地椒花开的声音

这个农民在绝望之余，买了瓶农药在旅馆一口气喝下去，幸亏被服务员及时发现送去医院，才捡回了一条命。而他的娃也因没钱做手术被耽误了。公安人员是在县城一家宾馆找到广聪的。当时他正用骗来的钱尽情吃喝玩乐，和一个女人在宾馆里鬼混，被逮了个正着。村主任郭二贵在乡里听说了这些事，他没敢对香草详说。

广聪被公安局抓了的消息，没多久就传遍了村子。村人议论纷纷，说广聪作恶害人，必遭报应。这事万不能让他娘知道，如果让老人知道，那还不要了老人的命？

香草在家睡了两天，第三天她起来了，一下子变得憔悴不堪。为了瞒住婆婆，她说自己患了感冒，全身发软走不动路。又过了几天，香草动身进城。一是想了解清楚状况，二是请求公安看能不能放广聪回来见见老人。她告诉婆婆在家耐心等着，她去城里找广聪。婆婆听了很高兴，暗淡的眼睛里闪出一丝亮光。

那天，香草怕误班车，很早就赶到了乡政府，在清冷的乡政府大门外等候。不长时间，见路上一辆大油罐车开过来，不想车上有人向她招手。香草仔细一看，原来是黄新开着油罐车。他将车停在路边向她喊道："你站这里干什么？"

"到城里去！"

"正好我到城里送油，顺路捎你去吧。"

香草一听，犹豫了片刻，就向油罐车走去。

193

8

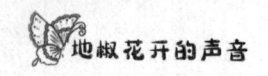

香草大约有一个月没见黄新。黄新过年回家探亲去了。他啥时回来的,香草不清楚。这段日子,香草不知为啥挂念起黄新来,他回家和家人团聚,香草很羡慕,他一定和老婆孩子其乐融融呢。一想到这些,香草心里就酸酸的,有股说不出的妒意。这种感觉让香草吃惊,她问自己:我这是在吃醋吗?咋会有这种感觉呢?

这时,黄新已从驾驶室很干练地跳下来。他穿了一身深黄色的工作服,头戴一顶同样颜色的工作帽,脚穿一双大头翻毛皮鞋,看上去英气勃勃、干练利索。香草不由得从心里喜欢地望着他。

"过来呀!"

"不会误你事吧?"

"咋会呢?顺路的事,上车吧!"

黄新走过来接过香草手里的小包,转身敏捷地爬上了驾驶室。油罐车的驾驶室很高,香草爬上去有些困难,黄新伸出一只手把她拉了上去。两人坐好后,车便在崎岖不平的山路上缓慢地行驶起来。

"你不是回家探亲去了吗?啥时回来的?"香草问黄新。

"回来几天了。正准备抽时间过去和你拉拉话呢。送油的司机感冒了,叫我替他跑一趟,不想就遇见了你。咱俩还挺有缘呢。"黄新笑笑说。

"家里老婆孩子都好吧？"

黄新转过头来看看香草，很古怪地笑了笑，自嘲地说："哪有老婆孩子！是回家看老娘去了。"

"你不可能没结婚吧？"香草有些惊奇。她从没听黄新说过他家里的事，黄新好像也不想提，几次都回避了。不过香草猜，像他这样三十出头的年轻男人，咋能没老婆孩子呢？

"结过一次婚，但几年前离了。"黄新突然说。

"为啥？"

"一两句说不清，以后再告诉你。"黄新侧过脸问香草，"你进城做什么？"

香草没吭声，一时心里乱极了。

"怎么了？"黄新发现香草气色很差，关切地问。不想黄新这一问，香草泪花满眼眶里转："我男人被公安局给抓起来了。"

"什么时候？"

"不知道，前几天才得到消息。"

"你这是进城看他？"黄新小心地问。

香草点点头。停了一会儿，她问黄新："你说公安局能不能放他回来见见老人？"

"怕不行吧。"

"他们可以跟着人回来，看看老人后，再把他带走嘛。"

"你的想法太天真，如果犯的事严重，咋能让他回来呢？"

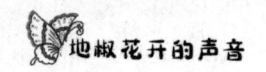

"我婆婆快不行了,我不知该咋办。老人想那不肖子,临闭眼前想见他一面。如果老人有个三长两短,家里连给她操办后事的钱也没有。"香草说着,两手捂住脸,心酸地啜泣起来。

"别哭!别哭!没有过不去的火焰山。"黄新连忙说,腾出一只手拍了拍香草的肩膀,"这不还有我吗?我会帮你的。"

"你已经帮我很多了,我咋好意思再麻烦你。"

"好了,别哭了。我们不是朋友吗?你要有难处尽管对我说。需要钱,我给你借。"

"我可没能力还你。"

"你可以进城打工赚钱还我嘛。如果你婆婆不在了,你还守在这山里干什么?我又不急,三年五年、十年八年,什么时间挣下还都行。"黄新慷慨地说。

"你真是个好人。"香草抹了把泪,由衷地说。

"你现在才看出来?"黄新故作吃惊地问,"真遗憾呢!可惜,好人一直也没个啥好结果!"黄新意味深长地喷喷嘴,小眼冲香草挤了挤。

香草看了一眼黄新,两人不觉都笑了。

一会儿,气氛又变得沉闷。

"你要想开些,看你最近憔悴多了。以后的日子还长着呢。你男人那样,也是意料之中的事。等你对婆婆尽完孝心,我建议你还是到城里学个手艺吧。人往高处走,水往低处流嘛。"

香草听了,对黄新苦笑一下,没再说话。

地椒花开的声音

到了县城,黄新很快帮香草找到了公安局。广聪就关在公安局后院的临时监所里。说明了情况,带人回去是不可能的,但探视还是允许的。香草就怯生生地跟着一个公安人员向后院走去。

黄新站在外面对香草大声说:"不要害怕,见了他想说什么就说什么。我办完事就过来找你。"

香草一边走,一边回头对黄新点点头。

香草被带进后院一间房子。这间房子一半被隔开,上面是铁栏杆,里面还有个小门紧紧闭着。公安人员指着旁边放着的一个凳子说:"你坐这里等着。"说完,就径直关上门出去了。香草有些恐惧地打量着,只见里面的墙壁上用墨写着八个醒目的大字:坦白从宽,抗拒从严!这八个字特别刺眼,字里行间透着一股威严和冷酷,使人不寒而栗。香草赶紧移开目光,盯住栏杆里面那扇门。不一会儿,那扇门被人推开,一个公安人员带着广聪走了进来。广聪一见香草,就急切地奔过来,双手抓住铁栏杆,眼睛从栏杆的缝隙处直瞪瞪盯着香草。"你咋来了?娘好吗?"

香草没有说话,怔怔地注视着广聪。广聪一改往日的模样,头发胡子老长,脸色苍白,衣服也脏兮兮的,一副邋遢样。他见到香草显得很激动。

香草却异常平静,平静中只觉心里一阵酸楚,不是为了眼前这个男人,而是为她自己。自从结婚以来,他对她很冷漠,

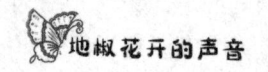

虽然她是他老婆，但他从未关心过她，也没给她买过一件像样的衣服或啥东西。他对自己的老娘也如此。老人有病，他没给老人买过一片药，更别说领老人看病了。他是个极其自私自利的人，只想着自己。可怜老人还天天想着他、念着他，盼着他能回来。想到这些，一股愤慨和委屈塞满了香草的心，她突然尖着嗓门道："你还能想起娘？你的心早被狼给掏得吃了！你这个没心没肺的家伙。你不是在外面做生意吗？咋做到监狱里来了？"

香草突然间的爆发使广聪吃了一惊，没想到温顺的香草会发这么大火。他不由得避开香草愤怒的目光，低下了头。

"娘快不行了，她想见你一面，让我进城来找你。"

广聪一听，抬起了头，那双干涩的眼睛里终于挤出了一滴泪。"我对不起你们，对不起娘！这一关，没十年八年恐怕出不来。娘就拜托你了。"

"你这种人还有眼泪？"看着广聪眼角那滴吝啬的泪，香草讥讽地咧咧嘴，"老人我会为她送终的，我和你夫妻一场，她也是我的老人。只是我再也不想过这种日子了。这么多年，你心里根本就没我，一年四季不回家，只图一人在外快活，让我和老娘在家遭罪。"香草说着，辛酸苦辣一起涌上心，不由得流下了伤心的眼泪。

"这几年，我过的啥日子？有男人却守活寡，家里缺水少柴，还要种地，老人又有病，家里地里就我一人，我跟你图个啥？你说，跟你图个啥！我不知道为啥一直守着那个家。我的命咋这么苦……"香草说着已泣不成声。

广聪垂下头，一只手使劲儿搓着衣服的前襟。很久，他才用低哑的声音艰难地说："我不是人，不管你做出啥决定，我都无话可说。"

9

香草从监所出来，神色黯然，等在外面的黄新迎上来，小眼关切地注视着她，啥也没说。黄新知道香草心里难过，只对她说："走吧，你一定饿了，我请你在饭馆吃饭。"香草摇摇头说吃不下。"别难过，我陪你上街走走，你不常进城。"香草点点头。

两人来到街上，这里是长城街，人可真多，行人、自行车、汽车来回不停地穿梭着，熙熙攘攘，热闹非凡。街道两旁到处都是摆摊卖东西的，小贩们的吆喝声清脆响亮，此起彼伏。两人转了一会儿。在摊上，黄新看上一件女式外衣要给香草买，让香草试穿。香草火烫一般急忙摆手说不要："咱们别转了，还是到英子那里去看看。"黄新说："好，那我陪你去。"两人向西街走去，很快淹没在人群中。

香草回来后，婆婆见儿子没回来，尽管香草事先编好了谎话，老人还是猜想儿子一定出了事，再也回不来了。

一个刮着大风的阴冷的夜晚，猫头鹰一阵紧似一阵地叫着,香草从噩梦中醒来,听不到婆婆打呼噜的声音,连忙起来点着灯,见婆婆一动不动平躺着,好像睡熟了。她叫了两声,不见婆婆有动静,将手放在婆婆鼻子底下,感觉不到一丝气息,才知婆婆已静静地离开了这个世界。

香草一下子扑倒在老人身上放声痛哭起来,哭声惊动了邻居。邻居们过来帮香草给老人穿上了衣服,抬放在地下。看着痛哭的香草,邻居们都摇头叹息说老人命苦,一辈子没享过福。有个儿子还不争气,不能为她送终。好在苍天有眼,身边还有个孝顺媳妇。

办丧事需要钱,黄新闻讯过来,悄悄给香草借了些钱,解了香草的燃眉之急。香草在村人的帮助下埋葬了老人。

婆婆在世时,虽然啥活儿也不能干,但香草感觉家里有个老人,精神上还有依靠。婆婆一走,窑洞里顿时变得空荡荡,孤独寂寞犹如一缕缕看不见的丝带,将香草紧紧缠住。想起可怜的婆婆,香草不由得难过。听婆婆说,她十六岁就嫁到了狼儿沟,娘家在甘肃的大山里。公公脾气很坏,经常打骂婆婆,家务活儿干得稍不满意,公公就拳打脚踢。婆婆经常受公公的气,但不管咋样,还是给他生了三个孩子。由于条件差,夭折了两个,只留下广聪,便对他百般疼爱,过分的溺爱使他成了不争气的儿子。年轻时婆婆在月子里没人照顾,落下一身的病,加之婆婆从小就患有气管炎,随着年龄的增长越来越严重,一劳累就上不来气。尽管如此,公公也从未关心过婆婆,对她不是打就是骂,好像婆婆来到这个世上就是个干活儿的工具。香草过门没两年,公公患心肌梗死突然走了。婆婆虽不再受公公的气,但身体却每况愈下。尽管如此,婆婆一刻也不休息,不是在地里忙,就是在家里忙。她喂了很多鸡,鸡下了蛋,舍不得吃一个,都拿到集市上卖了,卖的钱都用来补贴家用。一到柠条结籽成熟时,婆婆就背着口袋山里洼里跑,捋柠条籽晒干了卖钱。柠条枝上有刺,她的手常常被刺扎得稀烂,看上去血肉模糊。直到婆婆气管炎越来越重,不能干活儿了才停下。儿子不争气,婆婆就这样悲凉地走完了自己的一生。

山里女人的命真苦,婆婆就是个缩影。为啥勤劳、善良的婆婆就没个幸福的生活?

自婆婆走后,香草常常整夜睡不着,想着这些问题。听黄新说,城里女人上班挣钱,男人很疼女人。香草想,城里女人能挣钱就有了地位,能够独立。如不挣钱,还不是要依靠男人,看男人的脸色?看来,女人要想挺起腰杆做人,还得自己靠自己。黄新说得对,人往高处走,水往低处流,我为啥就不能进城学本事?靠自己的双手寻找属于自己的幸福?难道也要像婆婆那样,在这大山里过完自己悲苦的一生?再说,借了黄新的钱,如果不进城打工,怎么还他呢?虽然黄新说不急,但欠了人家的,心里总是不安。黄新是个好人,一个有情有义的人。她命中还有这么个贵人相扶,真不知该咋谢他。他这么帮她,香草觉得欠了他很多,心里便慢慢有了主意。

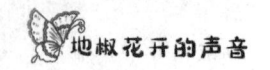

上次香草在县城见英子，英子在街面租了间房子，开了个小理发店，还带个徒弟。房子虽有些窄小，但生意还不错。英子让她先当学徒，等一两年出师后，可以租间房子自己干。香草说她学成后还想回山里，在乡政府门口开个理发店，为山里人理发。英子听了很惊讶，说你还是不想离开山里。英子又说像你这么心灵手巧的人，无论学啥肯定比我快。香草在理发店坐了一会儿，就见英子给客人理发不大工夫，就赚了好几块钱，心里很是羡慕。

婆婆七七忌日后，香草做起了进城的准备，决定离开狼儿沟，到县城跟英子学理发。

10

一日上午，香草正在窑里收拾东西，广聪的堂哥辛子一声不响地走了进来。

"弟媳妇，忙啥呢？"辛子那张黑脸堆起了难得的笑。

看见辛子，香草的神经不由得紧绷起来，心想他来做啥？准没好事！香草那颗原本平静的心急促地跳起来。

香草从心里厌恶和惧怕广聪这个堂哥，他是村里有名的无赖。软处欺、硬处怕，就瞅准女人软弱可欺，村里只要被他看上的女人，差不多都被他欺辱和霸占过。因此，女人见了他都像见了瘟神，尽量躲避。广聪却每次走时，都要托付辛子照看好他家。广聪这么做，香草不得不承认广聪的阴险。他在外面

地椒花开的声音

想干啥就干啥，对她和老娘一点儿责任都不负，却不允许她做出啥对不起他的事。他知道村里人谁也不敢招惹辛子，他们又是堂兄弟，想他辛子也不敢打香草的主意。其实，香草心里清楚并不是这样。平时，香草感觉辛子那张阴沉沉的脸无处不在，就像一张无形的网，让香草透不过气来。香草知道她做的每件事都逃不过辛子那双三角眼。作为女人的香草心里明白，其实辛子早就打着她的主意。自从他那个又黑又丑的婆娘前几年患病死后，他盯香草的那双眼就像狼盯着一块肉。但香草不给他这个机会，再者他可能还是顾忌广聪，毕竟是他的堂弟，一旦回来不好交代，广聪也不是个省油的灯。对于香草和黄新，村里其实早有人说三道四，辛子在暗处不知观察过多少次。每次只要黄新和香草见面，辛子都在暗中盯着，他一方面嫉妒得发狂，另一方面希望他俩能发生点儿事。这么多年辛子就讨厌香草的那个自命清高的劲儿。只要她和黄新有了关系，那他辛子吃她就顺理成章了。所以辛子仍不声不响，他知道两人目前还没啥实质性的进展。再说，黄新毕竟是个外地人，在这里也不会久留，等油井一打完他就滚蛋了。他是个吃公家饭的挣钱人，咋能看上一个山里女人？

自从知道广聪犯事回不来后，辛子再也按捺不住了，他早已等不及了。每天晚上，辛子躺在黑乎乎的窑洞里想着香草，蓄谋着他该怎么做。当他听说香草要进城的消息，早饭也来不及吃就过来了。哼！进城？想得美！我辛子是不会让这块到嘴

203

的肥肉溜走的。

"你有啥事?"香草尽量不慌不忙做着手里的事,没抬头看辛子。

"嘻嘻,我过来跟你说个事。"

"啥事?说吧。"

"听说你要离开村子,进城里去?"

"有这事。"

"一个山里女人,进城干啥?"

"埋葬婆婆欠了账,我要进城打工挣钱还账。"

"你和广聪咋办?"

"我不想和他过了。"

"这么说你要和他离婚?"

"等他判了刑,我们就办手续,他也同意了。"

没想到辛子听了后,一步跨到香草面前,说:"这就好,我是来告诉你,你不要走了,等你和广聪离了婚,就和我结婚吧。你知道,自从你嫂子几年前生病死后,我身边一直没个女人。我会对你好的,保证你不愁吃不愁穿。你那点儿账,我替你还。只要你好好侍候我,我会疼你的。"辛子说完这番话,眼睛直勾勾地盯着香草。

香草一听,吃惊和气愤使她顷刻间满脸通红。她没想到辛子会无耻地提出这种要求。香草怒视着他:"亏你说得出口,你可是我的大伯子。再说,你都快五十的人了,说出这种话不怕世人耻笑？"

"那有啥？"辛子不以为然地说，"这不正是肥水不流外人田嘛。再说你这么好的媳妇，是广聪那小子不识货，我咋舍得放你走？"辛子那双贪婪的、邪魔般的眼睛直逼着香草。

"我不会如你愿的，你出去！"香草气愤地用手指着窑门厉声说。

"嘿嘿，弟媳妇，你不要动气嘛，还是乖乖依了我吧。你看村里的女人，只要我看上的，哪个能逃出我的手心？你也不例外嘛。"辛子一边淫笑着，一边向香草靠过来。

"你要干啥？"香草一脸的惊恐，一边向后退着。

"你要不同意，我只好生米做成熟饭了。反正广聪也回不来了。你成了我的女人，还能跑到哪里去？嘿嘿！"辛子说着迫不及待地伸出那黑铁叉一样粗笨的大手，一把抓住香草的胳膊往炕边拉。

"你……"香草被辛子的举动吓蒙了，她一边躲闪，一边拼命想挣脱自己的胳膊，大声喊着："放手！你这个畜生！放开我！"

"你喊吧，喊破了嗓子，也不会有人来管这闲事的。"又愚又蠢的辛子，一边无耻地奸笑着，一边把他那张被情欲燃烧得变了形的脸强行往香草的脸上贴过来。

香草奋力挣扎，终于敌不过辛子，被他压倒在土炕边。辛子使出全身的蛮力疯狂撕扯香草的衣服。这时，突然从外面传

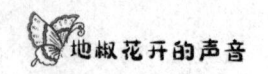

来洪亮的声音："这里还挺热闹嘛！"

辛子一惊，不觉松开了手，向敞开的窑门望去。只见黄新手里提着两只鸡婆正站在门口，吃惊地看着窑里的两个人。那两只鸡婆在他手里不停地挣扎着，瞪着血红的眼睛同样用吃惊的目光注视着窑里的一男一女。

香草羞愤交加，她摆脱辛子的魔爪，迅速用撕开的衣服裹住身子，抹了把纷乱的头发，瑟缩在一边。

他妈的，这小子坏了老子的好事！辛子恼怒地瞪着血红的眼睛走出门迎上去："你来干啥？"

"我吗？来找她有点儿事！"黄新满不在乎地迎着辛子凶狠的目光说。

"快滚吧！这里没你的事！我早就想找你小子算账了，你倒自己找上门来了。你说，你总来找她想干啥？"辛子恶狠狠地问。那嫉妒喷火的眼神仿佛要一口把黄新吞没。

"是吗？那就算吧！我说你也太不会对付女人了，咋能强迫她呢？这可是犯法的事，老兄！"黄新大大咧咧地看着辛子，一脸的不屑和嘲讽。

"用不着你来教训老子！这是我家的事，我想咋做就咋做，还轮不到你个外路野种来管闲事！"

"巧了，我今天正巧碰上了，就不能不管了！"

"想找死啊！"恼羞成怒的辛子攥紧拳头迎上去。

"怎么，要打架？我浑身的劲儿正没处使呢！"黄新一边说着，一边把手里那两只鸡婆扔在地上。两个男人四只拳头紧攥，喷火的眼睛撞在一起，一触即发。

辛子首先蛮横地抡起拳头，迎面对着黄新的脸部打上去。黄新灵巧地头一偏闪过，还没等辛子反应过来，黄新的一拳已重重打在辛子的胸上。辛子站立不住，一下子跌出两三米远，摔倒在院子里。

"起来！再来呀！"黄新站着没动，挑衅地向辛子招招手。

"你……"辛子摇晃着爬起来，手捂着前胸，目眦欲裂地指着黄新说，"小子！你等着！"辛子知道自己上了年纪，根本就不是黄新的对手，跟跄着向大门外走去。

黄新转身走进窑洞，对呆立在那里的香草说："你没事吧？"

此刻，香草有一种冲动，那就是想一头扑进黄新怀里痛哭一场。继而，她又被自己这个念头惊得目瞪口呆。

"你怎么了？是吓昏了吧？"见香草木呆呆地一言不发，黄新以为她吓坏了，又拍了拍她的肩膀。

香草回过神来，看到黄新那双焦急而关切的小眼。这双眼似曾相识，这双眼是琦的眼睛啊！琦就是用这双小眼时时处处关切地注视着她、保护着她，可她却轻易忽略了它、丢掉了它。现在，这双眼重新回到了她的身边，她再也不能错过。香草不顾一切地一头扑进黄新怀里，放声痛哭起来……

11

香草趴在黄新的肩上痛哭了很久。几年来,她都没这么痛快地哭过,没有这样靠在一个男人的肩上哭,随心所欲地哭,痛快淋漓地哭。哭声中有一种如释重负的感觉,像一冬天都憋屈在冰窟窿里的泉水,在滚滚春雷声中,终于酣畅淋漓地破冰而出了。黄新默然站着,听着香草哭,一言不发,任凭她哭个够。很久,香草才平静下来,心里一下亮堂起来。她难为情地离开黄新,两人坐了下来。

许久,谁也没说话。香草很欣慰,黄新没立即问她。在香草看来,男人的心都是很粗的,但黄新却是个细心的人,善解人意,对女人的喜怒哀乐似乎很了解。

过了一会儿,黄新用眼神询问香草。

"他是我男人的堂哥,他来告诉我,说如果我和广聪离婚,就要和他结婚。他还不准我离开这里。我不同意,他就动粗。"

"我听说你们山里大伯子和兄弟媳妇之间有严格的界限,互相见了都要躲避,话都不能说。他咋这样?"黄新嘲讽地咧咧嘴。

"他是个无赖,才不管这些呢。"

"你准备咋办?"

"我已决定离开,到城里跟英子学理发。"

"你想通了?这就对了!"黄新高兴地说,"我看你还是尽快动身吧,要不你那个无赖大伯子不会善罢甘休的。"

香草点点头:"我也只有进城挣钱,要不,欠你的钱咋还呢?"

"就说嘛,我也不能等你太久。"黄新一本正经地说。

"你看看,说过的话就变了,不是说等十年八年都行吗?"

"和你开玩笑的。男子汉大丈夫,一言既出,驷马难追,咋能说话不算数呢?"黄新咧嘴笑了。

香草迟疑了一下说:"我有个问题想问你。"

"说吧。"

"你为啥对我这么好?"

"这个还用问?真是个傻女人!"黄新笑了。随后从衣兜里摸出一根纸烟点着,深深吸了几口。他一边吸烟一边思忖着对香草说:"我一直都没给你说起过我家里的事,你要听吗?"

香草点点头。她早就想听黄新说说了。

黄新吸着烟,沉默了一会儿,眯起那双小眼望着窑洞的窗户,缓缓道来:"我父亲原是油田钻井队的一名高级工程师,在一次意外事故中殉职了。我家在山西农村,我还有三个弟弟妹妹。父亲出事的那年,我刚从部队复员回来,就被安排进了井队。几年后,我母亲在邻村为我找了个对象。母亲给我发了一封电报,说自己病重让我速回,我回去后才知道这是母亲骗我回来,让我和那个姑娘成亲。我听从了母亲的安排,结了婚。我和那姑娘没什么感情。结婚没多久,就又要动身回井队。井队又没个固定地方,哪里有油就到哪里,四处漂泊,四海为家。

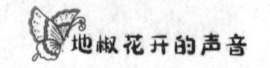

这样过了几年。我每次回家探亲,妻子都是泪水涟涟,要求我调回去工作,说没有男人的日子她过得很苦。但调动工作谈何容易,我也不想离开井队。井队虽然艰苦,但每当我看到那黑色的原油哗哗往外冒,心里就如喝了蜜一样舒坦。她见我调不回来,也不想回来,就给我母亲施加压力,一有气就对母亲撒,整天和老人吵架闹事。母亲为了我只好忍气吞声。我回去后知道了这一切,很快和她离了婚,其实她也想和我离婚。离婚后,她很快就找了个当地人,听说是个二婚,并且很有钱。"

"这件事我不怪她,也理解她。因为女人没有男人的日子是很凄苦的。小时候,我常常听到母亲在夜深人静时一个人偷偷哭,因为父亲常年在外工作不能回家。特别是自从父亲遇难后,母亲的心就更苦了,她带着弟弟妹妹艰难度日。现在,母亲的头发全白了。我一年挣的钱大部分寄回了家里。"

黄新又点着一根烟,香草没有吱声。

"第一次见到你在雪地里拣牛粪,自然就心生怜悯。后来,看到你在困境中挣扎,就不由得想帮你。你生活在艰苦的环境中,男人常年浪荡不回家,还那么一心一意伺候着有病的婆婆。我觉得你是个好女人,纯朴、善良、坚强。你们山里女人的这种忍辱负重真令人敬佩!为什么好女人就没有个好生活呢?真的,我很想帮你改变你的命运,但是看到这山里条件太差,短期内不会有改变,所以就极力鼓励你走出去,换一种活法。也许通过你自己的努力,能彻底改变你的命运。"

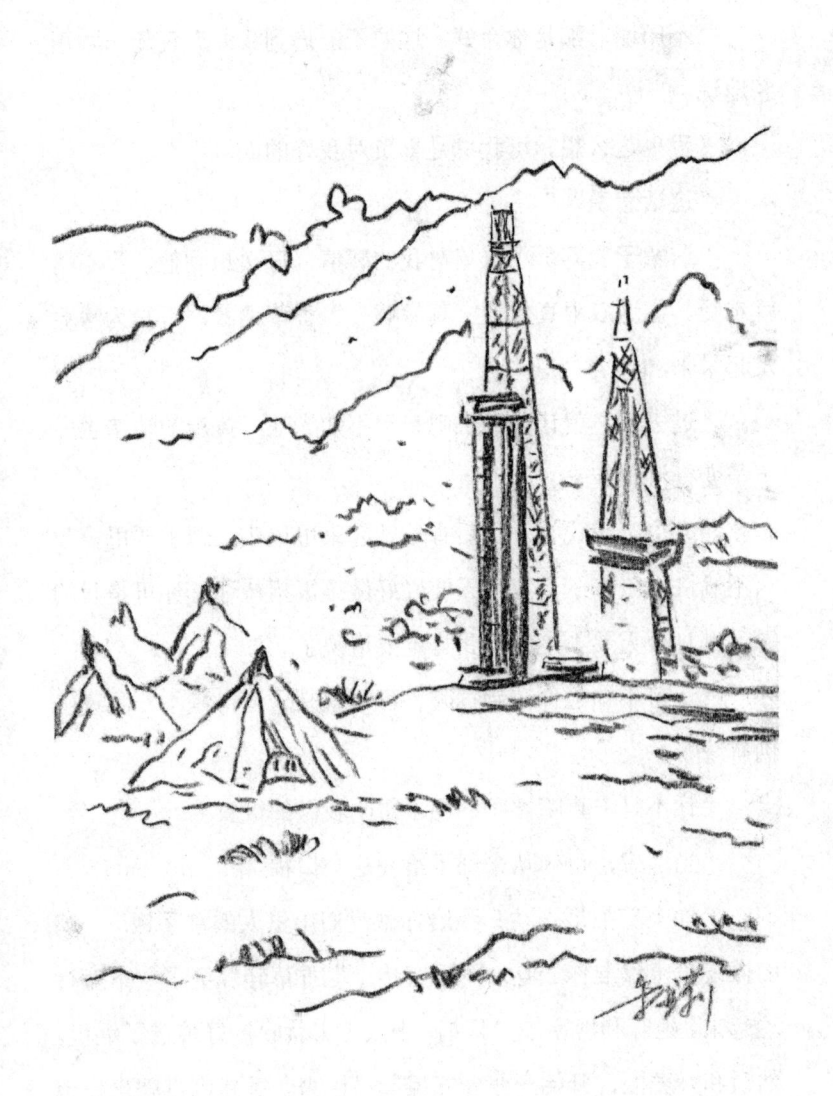

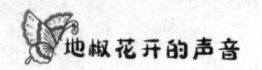

"我明白了,谢谢你为我做的一切。"

"不用谢,那是你命好,这辈子能遇到我。"黄新一本正经地说。

"我也这么想。可我总是辜负对我好的人。"

"这话怎说?"

"这辈子我辜负了张琦对我的感情,每次想到他,我心里就难受。你这双眼真像他,真像啊!"香草说着,不知为啥竟发起呆来。

"过去的,就让他过去吧!"不知为啥,黄新的情绪也一下子变得沉重起来。

两人很久没说话。最后香草站起来甩甩头,似乎要甩掉什么不愉快。"好了,我今天要好好做顿饭招待你,你可是我的恩人哪!今天要不是你,我肯定要遭殃了。"

"我可不知道你遇到危险,可这就来了,奇怪不?我说咱俩有缘嘛!"

"你不是一直嘴馋吗?想不想吃我做的饭?"

"当然想,可你从来都不给我这个口福。"

"你坐着抽烟别动!我给你做我们山里人的拿手饭——鸡肉摊馍馍,保准你一吃一个不言传。"香草轻轻笑了一下就行动起来。她麻利地宰了一只鸡,不大工夫就收拾好炖进了锅里。然后和好荞面,开始一张一张摊起馍馍来。黄新则盘腿坐在土炕边,一边抽烟,一边看着灶火旁忙碌的香草,惬意地享受着

地椒花开的声音

家的气氛。这种感觉真好！对于他们这些四海为家的人来说，这种气氛很难得。不长时间，窑里就飘散出一股香喷喷的鸡肉味。黄新爱吃，他对这大山里的炖羊肉、鸡肉摊馍馍、酸汤剁荞面、羊肉臊子荞面饸饹都喜欢。尤其是那炖羊肉，别提有多香，一点儿膻味也没有。那清香的味道，只要你闻一闻，就会垂涎欲滴，食欲大增。南山里的羊肉为啥这么好吃？因为这山里有一种当地人称为地椒椒的草，这种草奇香无比，满山遍野都是。羊只常年啃食着地椒椒草，羊肉才味美而不膻，真是奇特！

黄新有个同学在大学里学植物学。上次回家碰到他，黄新给他说了这种奇特的香草，让他给查查这被山里人叫作地椒椒的草是什么植物，它生长在干旱贫瘠的大山深处，那香味令人称奇。黄新在山上经常见到这种草，很普通的一种低灌植物，贴在地皮上，一点儿也不显眼。但那浓郁的香气使人无法忘怀。黄新每次见到它都不由得要拔几棵装进衣兜里。闲时就掏出来闻一闻，阵阵香味扑鼻而来，令他心醉神迷。这奇香的草，使他不由得想起香草，总感觉香草身上就有一股地椒椒的香味。这个和大山里的地椒椒一样香的女人竟叫香草，她和地椒椒一样清香，令人恋恋不舍，难以忘怀。

黄新一边吸烟，一边望着香草那可爱的、不停忙碌的身影，深深陷入一种遐想中……

12

"想啥呢?这么投入。"香草把香喷喷的鸡肉摊馍馍端上了炕,黄新也没有觉察到。

"噢,没什么。"黄新笑了笑。

"快吃吧!"香草说着,给黄新满满盛了一碗鸡肉,又舀了一碗鸡汤放旁边,叫他一边吃鸡肉,一边蘸着鸡汤吃煎饼。

"辛苦了,你也坐下吃吧。"黄新有些不好意思地说。

"好!"香草拿了碗坐在炕边和黄新一起吃。

"真好吃!"

"真的吗?那你就多吃点儿。"

"太好吃了!我看你还不如在城里开个饭馆,专卖你们南山里的鸡肉摊馍馍,生意肯定火爆。"黄新边吃边给香草建议。

香草笑了,说:"你这人真会做生意。这个城里人都会,他们才不稀罕。"

"我在城里吃过,根本没有你做的这么好吃。"

"开饭馆要有一定的资金,我哪里有钱。"

"这事还用你发愁?不是有我嘛!"黄新拍拍自己胸脯说。

"那不行!我已欠了你的钱,咋能再欠?再说你家里也困难,我还是先学着慢慢站住了脚再说吧。"

黄新只好点点头。

吃过饭,黄新满意地抹了抹嘴说:"好久没吃到这么香的饭了。真过瘾！"

"只要你吃得满意就行。"香草高兴地说。

"什么时间了？"

"太阳快落山了。"香草说着，感觉黄新那双火辣辣的小眼盯着她，她忙低头收拾碗筷。

"我该走了。噢，忘了告诉你，过不了多久，我们井队要搬家了。"

"搬到哪里去？"

"听说到宁夏的固原一带。"

"以后还回来吗？"

"当然回来，这里还留一个井队。"黄新说着，挪到了炕沿边，目光恋恋不舍地望着香草。

"那……那我有样东西要给你。"香草突然说。见她从后窑掌那个旧木柜子里取出一个包裹打开，里面一块红布包着一对银手镯。香草拿起一个抚摸着说："这是我结婚时我娘家给我的唯一值钱的东西，我一直舍不得戴就包着。给你一个吧。"香草说着递给黄新。

"嗯？"黄新吃惊又激动地望着香草。

"这个作为我送给你的礼物，你以后拿着它来找我。"香草有些不好意思地说，"如果你真对我有意，等我和广聪离婚后，就到城里来找我吧。我会等着你的。"香草说完，一下子脸涨得通红，不敢看黄新那双小眼睛，羞涩地垂下了头。

215

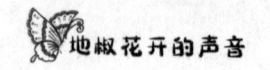

听着香草的话，看着香草那害羞的表情，黄新感到自己久经压制的情感一涌而出，在周身欢快地沸腾起来。他用颤抖的手重新点着一根烟，极力抑制着这股汹涌而来的波涛。

香草见黄新低垂着头抽烟，一句话也不说，便窘迫地问："怎么？你不愿意？"

"不！我咋能不想和你在一起呢？可是像我这样长期在野外工作的人，是不该有家的。女人跟了我只能受罪，分多聚少，我不能只考虑自己，再害一个女人为我受苦！"

"可我愿意！你是个好人，我愿意等。"香草激动地说。

黄新依旧低垂着头抽烟。

"你总有回来的时候。"香草情不自禁地走到黄新面前，"你不用想那么多，真的，我相信以后一切都会好起来的。"看着低头紧锁着眉头的黄新，香草心里顿时涌起了一股柔情，她极力宽慰他。

黄新突然扔掉烟头，猛然抬起头来，紧紧握住了香草的双手，那双小眼里喷发出一种奇异的光芒："告诉我，你爱我吗？"

"我……"香草臊红了脸，她望着黄新那张五官显得异常激动的脸和他那双被激情燃烧着的小眼睛，眼前不由得闪现出琦的影子，那个她朦朦胧胧还没懂得真正爱的时候就消失的影子，还有她现在的男人，她和他虽然结婚六年了，但他们真正在一起的时间也没多少，自己的感情生活竟是如此贫乏。和黄新在一起,香草只感到身心特别愉悦、快乐。这是不是爱呢?她不能确定。最近一段时间,她也时常挂念他,不知他在做什么、好不好。但转眼她又极力把这个念头驱走,自己是个已婚女人,怎么能想别的男人?这是不对的,是可耻的。黄新看到香草已陷入沉思中,脸上流露出一种从未有过的苦恼、迷惘。

"唉!香草。"香草的表情令黄新心里不觉一颤。可怜的女人,他认为她是被传统观念给束缚着,过分压抑人性的本能。她那被压抑的情感实质上还处在一种没有被唤醒的原始状态中。他不顾一切地将她一把拉进自己怀里,双手紧紧箍住她的腰,似乎要把她柔软的身体融化进自己怀里。她感觉他箍得太紧,都让她喘不过气来了。她难为情地要挣脱他,但他却更紧地拥抱着她。他使她的头往后一仰,靠在他的胳膊上,随后轻轻地在她脸上吻起来,由缓慢而渐渐变得急切、热烈。一时间,她的额上、脸上、唇上到处都印满了黄新的吻。她一下子感到头晕目眩,迷失了自我,一股说不出的奇异的灼热涌遍全身,浑身感觉软绵绵、轻飘飘,似乎随时都要飘起来。最后黄新的吻停留在她的唇上。香草不由自主地呻吟起来,一种从来没有过的战栗遍及全身,她不由得惊慌地用双手推着黄新:"别……别这样……"但为时已晚,犹如干柴遇见了烈火,人类那本能的欲望像脱了缰的野马,一种从来没有过的要死要活的激情迅速蔓延开来,将这一对孤男寡女淹没……

狼儿沟的夜是恬静的,月亮高高地悬挂在天空,静静地俯

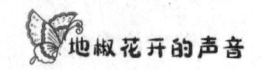

视着大地。在月光的沐浴下，大地呈现出一派寂静、安详。山坡上的地椒椒尽情舒展开自己那细小嫩绿的叶片，犹如一个丰腴饱满的女人舒展开自己的身体，尽情呼吸着月色中清新的空气，释放出浓郁的香味。香气弥漫在空气中，丝丝缕缕，沁人肺腑。草儿之间的细声软语犹如恋人在花前月下窃窃私语，一阵微风将这些声音融入夜色里。一切的一切都在这香气的笼罩下变得如梦如幻、飘飘欲仙，犹如进入了仙境……

第二天，天刚蒙蒙亮，香草就醒了过来。她翻身坐起，想起昨夜和黄新在一起的一幕，不由得脸热心跳。她用双手捂住发烫的脸，一股说不出的温馨和甜蜜在周身弥漫开来。昨晚黄新给了她作为一个女人从来没有过的感觉，香草就这么静静地、贪婪地陶醉在这种奇妙的感觉中，就像一个泛着小舟随波荡漾的人，阳光照在身上暖洋洋的，两岸葱绿，水声潺潺，波光粼粼，心胸塞满了一种醉意。坐了一会儿，香草不由得傻笑了笑，开始收拾行李。这时，她看见炕上有一张照片，显然是昨晚黄新掉下的。她顺手拿起一看，竟一下子愣在了那里，像被魔法定住了一般。

这是一张两寸黑白照，照片上的两个人都穿着崭新的绿军装，英气勃勃，表情严肃。四只小眼都平静地望着香草。一个是黄新，另一个竟是琦。

怎么会是琦呢？香草不敢相信自己的眼睛。窑里的光线还不十分亮，她急忙点着灯将照片凑到灯下看。没错，就是琦！

地椒花开的声音

他俩咋会在一起呢?黄新不是说他复员后就到了钻井队吗?这么说黄新也当过兵,并且和琦是战友!可黄新却从没告诉过她他认识琦。这么说黄新一开始就知道她。难怪他当初向村主任那么详细地询问她的情况,自己还怪他狗拿耗子多管闲事呢。

香草不觉陷入沉思中。

当年,琦牺牲后,香草听村里人说,琦是在部队撤退时,为掩护自己的战友才牺牲的。他的死与黄新有关吗?说不定那封带血的信就是黄新寄的呢。香草捏着那张照片,木呆呆坐着久久没动。

香草脑子里的这些问题,只有见了黄新后,才能真相大白。

早晨七点左右,辛子果然带着几个本家人气势汹汹地来到香草家,却发现门上吊着一把大铁锁,院里清扫得十分干净,香草已经走了。

辛子气急败坏地走上去用脚踢窑门,破旧的窑门发出"咣当"的响声。他恶狠狠地说:"臭婆娘,她就是走到天边,我也要把她抓回来!"

"算了吧,你还没跟她结婚,没有这个权利。"一个上了年纪的本家人说。

其实,香草此时还没离开村子,她爬上了狼儿沟背面的那座山,正坐在山顶上望着起伏的白于山发愣。苍凉而厚重的白于山不知为啥让香草万般留恋和迷惘。是的,这块土地养育了她,她在这山里长大,她是大山的女儿。虽然这里贫穷,但她

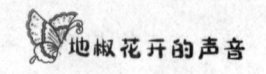

的根在这里,她咋会不留恋呢?

远处,那两个高大的井架在不停地轰鸣着,那轰鸣声预示着贫穷落后的白于山在不远的将来,一定会有惊人的飞跃,预示着这片古老而又年轻的黄土地已渐渐从沉睡中醒来。

香草收回目光,随手拔下身边一棵地椒椒凑到鼻下闻了闻,一股香味沁入心脾。她不由得闭上双眼,贪婪地吮吸着这熟悉而总也闻不够的香味。随后摘下几片细小的叶子放进嘴里慢慢咀嚼、回味,沉醉其间很久。然后又拔下几棵地椒椒小心地装进包里。随后她站了起来,恋恋不舍地最后望了一眼那起伏的山峦,心里默默道:白于山,等着我,我会回来的!

她毅然提起了包裹。

山脚下,一辆停在路边的油罐车按响了喇叭,喇叭不间断地响着……

13

黄新随钻井队搬到宁夏固原的西吉后不久,收到了同学寄来的一封信。信中说,他已为黄新在《植物志》里找到了那种草,它的名字叫百里香。热心的同学在信里就百里香做了详细介绍。

"哦,百里香,多好听的名字!"黄新不由得感叹道。他眼前又出现了那极平凡的小草,静静地贴在干旱贫瘠的土地上,那浓郁的馨香飘过了黄土高原,飘过了波涛汹涌的黄河,飘到了他身边。一个熟悉的身影闪现在他眼前,他不由得紧闭双眼,心醉神迷……

百里香,香百里啊!

后　记

　　高中毕业那年,我在定边县南部山区插队劳动四年,那是一九七七年至一九八〇年。和南山农民一起劳动、打坝,在大队林场种树、养猪,给猪当"接生婆",还给山里娃娃教过书。和他们朝夕相处,南山农民的生活场景便永久镌刻在我的记忆里。艰苦的生存环境,缺燃料、缺水是南山人贫困最基本的底色,严重制约着他们的生活。生命中咋能没有水的滋润呢?干旱苦焦的山梁渴望雨水,渴望湿润。有一件事很令我震撼,在大队林场劳动时,一天扛着锄头去半山腰给几棵果树除草,果树长得不大,每棵树干的皮都触目惊心地纵横龟裂着,无论树干、树枝和树叶,看上去都黑黢黢的,长相十分苍老,用手抚摸树干竟糙得扎手。我恍然明白,恶劣的生存条件使树的生长受到限制,缺乏水分的树皮咋能光滑,枝叶又咋能尽情舒展呢?长着长着,它们长成了一棵棵"小

后　记

老头"树。我想这样的果树不会结果子，场长却告诉我，它们年年结果，只是果子小而少。到秋天成熟后，通红通红的，果子吃着虽然不水，可甘甜甘甜的，吃到嘴里能甜到心里。由此我想到山里的女人，她们的脸也像果树皮，黑而粗糙，嘴唇常年皲裂着，她们没有什么可以滋润，甚至连洗个痛快澡也是妄想。生活重压下的山里女人，她们与命运抗争，也有自己的向往，也想极力挣脱灰塌塌的现实，可现实毕竟是残酷的。

望着那一座座光秃秃的山峁，干旱荒凉。趴在地皮上的那些低矮的小草奋力生长着，骨子里充满生存的渴望，顽强地支撑起稀薄的植被。风吹起黄土漫天飞扬。多少年来，山里人在贫困、单调中度日，祖祖辈辈就这样生活着，祖祖辈辈都走在这望不到头的黄土坡坡上。山里的女人，除了地里家里忙碌外，一得空闲，她们会安静地坐在窑洞的土炕上，静静纳着鞋底或做着针线活儿，一脸的专注，那眼神里是一份淡定和从容。面对生活，她们不抱怨、不消沉。我从她们恬静的脸上看到了她们的坚忍、执着，她们的平凡，她们的喜怒哀乐，她们的向往追求，她们是一群生活在黄土地上最平凡的生命。于是她们来到了我的笔下，我将她们写出来，就有了朴朴、缠香、闰月、香草……

山里女人的勤劳善良如绵延的山脉，她们默默承受

223

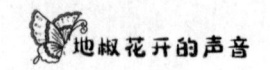

着命运的安排，一心一意过着简朴的日子，不索取，不虚荣，随遇而安，纯朴厚道。小说《薄雪》中，主人公缠香热爱生活，一心持家，孝敬婆婆，在生活的重压下与命运抗争，却摆脱不了命运的戏弄，因过失杀人被派出所带走，令人唏嘘。《朴朴的心》中，农家女孩朴朴渴望读书，渴望知识，渴望改变命运。朴朴由于生活贫困，无法上学，直到变成了残疾人才终于实现了读书的梦想，可还是为此付出了惨重的代价，嫁给了支书的瘫儿子蛋娃，新婚之夜，蛋娃却死去，朴朴成了犯罪嫌疑人。《闰月》中的主人公闰月和刘顺子，两人从小学到高中一直相伴，互相爱慕，渴望将来爱情幸福。但意想不到的变故使爱情偏离了轨道，两人都生活在痛苦的煎熬中。《地椒花开的声音》中，主人公香草为浪荡不归的男人辛勤支撑着那个没有希望的家，坚守着一个女人的本分。可她渴望一种全新的生活，终于在石油工人黄新的启发下，决定改变自己的现状，毅然走出大山。但她的根却连着大山，无法从心底深处走出……

我脑子里时时出现她们的面容，勤劳持家，孝敬公婆，养育儿女，无怨无悔。她们的人生就这样平静度过，像趴在地皮上的地椒椒草，虽然缺水少雨，可根依然顽强地扎在贫瘠的土壤里，散发着淡淡的清香。

生活有没有一种更好的选择？是顺从普通的生活，

后 记

和平庸的自己和解,和接踵而至的失望和解,屈服、承担生活的重压,随着命运随波逐流;还是抵抗或逃离这种压抑和不甘?也许我的文笔太拙劣,笔下的她们太软弱,也许我只记录了她们生活的场景,没有抽丝剥茧探寻她们灵魂深处的一面。小说中的那些人、那些故事常常引发我的思考,生活只能如此吗?有没有更好的可能?

我只记录了那个阶段山里女人的生活现状,用小说的形式表达出来。首先,我写小说是有感而发,是必须写,否则对不起那些人物。脑中有了些碎片,很快成为一个形象,进入状态马上动笔。当然写一个故事,设计还是需要的,但故事的发展大多不在我的掌控之中,而是在情节的自然而然的进展之中。其次,我写小说是对小说有一种发自内心的热爱和痴迷,是因为小说那种生机盎然的独特的魅力。有人说小说是虚构的天堂,在虚构的天堂里可以任意驰骋,当然虚构的目的是更靠近真实。但我知道,真要把一篇小说写好了,不是件容易的事。比如故事的设置编写,有一点必须是让读者看明白,看明白后耐人寻味。再次,我写小说是我对小说怀着一颗敬畏之心。小说是有其自身文本特性的,它有自己的一套理论、一套工艺、一套认识、一套独特的操作过程。评论界对小说更是分出不同的流派和类别。但于我个人而言,因为敬畏,我只遵循自己的内心进行写作,只用

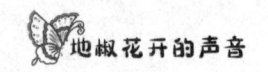

自己喜欢和熟练的方式进行写作。无论写下了什么，我觉得自己写的这些文字是值得的。从自己笔下流淌出的这些文字，是自己心血和汗水的结晶，它们像亲人般与我不离不弃，是我人生温馨和温暖的陪伴，是灵魂抚慰和精神支柱。这种以看似简单的方式完成的文字，也许不被欣赏，但自己从中得到了精神层面最极致的愉悦，这就够了。回首走过的路，审视写下的东西，不问结果，每一步都是我最珍贵的回忆。

在一篇文章里看到过这样一段话：文学的重要价值之一，不就像鞭子一样抽打我们，让我们在浑浑噩噩的世俗生活里感到一点儿疼，并因此而保持面对世界的清醒和冷静吗？生活中遇到的苦难越多，人就会从中得到越多的试炼，就会获得越多的成功机会。艰难成就幸福，所有的苦难最后都成就美好，所有的相遇都值得回味。

感恩文学，正是因为文学，使我的生活变得充实，生命变得坚强！感谢生命中遇到的所有人！

二〇二〇年六月定稿于定边康馨花园小区